Heike Wendler
Das Geheimnis der schwarzen Madonna
Klosterkatze Lily ermittelt

HEIKE WENDLER

DAS GEHEIMNIS DER SCHWARZEN MADONNA

Klosterkatze
Lily
ermittelt

benno

Bildnachweis:
Titelbild: © Sergey Yarochkin / Fotolia (Bibliothek),
© Eric Isselée / Shutterstock (Katze)
Illustration bei Kolumnenzeile: © benntennsann / Shutterstock

Bibliografische Information der Deutschen Nationalbibliothek
Die Deutsche Nationalbibliothek verzeichnet diese Publikation
in der Deutschen Nationalbibliografie;
detaillierte bibliografische Daten sind im Internet
unter http://dnb.d-nb.de abrufbar.

Besuchen Sie uns im Internet:
www.st-benno.de

Gern informieren wir Sie unverbindlich und aktuell
auch in unserem Newsletter zum Verlagsprogramm,
zu Neuerscheinungen und Aktionen.
Einfach anmelden unter www.st-benno.de

ISBN 978-3-7462-5060-1

St. Benno Verlag GmbH, Leipzig
Umschlaggestaltung: Rungwerth Design, Düsseldorf
Gesamtherstellung: Kontext, Lemsel (A)

INHALT

DAS GEHEIMNIS
DER SCHWARZEN MADONNA

Willkommen im Kloster Wiesenthal

Von den Pilgerinnen einmal abgesehen gibt es im Kloster Wiesenthal nur zwei weibliche Wesen: Isolde und mich. Isolde Apfelbach ist Herz und Seele unseres Klosterladens, in dem alles verkauft wird, was das Kloster auf der materiellen Ebene hervorbringt: von Honig, dunklem Bier, Kräuterlikör bis zu Früchtebrot und Osterlämmern aus Hefeteig. Natürlich gibt es auch alle Arten von Devotionalien und Souvenirs im Klosterladen, schließlich ist Wiesenthal vor allem für seine schwarze Madonna berühmt. Und so zierte ein Bild dieser Madonna dann auch das allermeiste von dem, was verkauft wurde – entweder direkt von Isolde ebenso liebevoll wie geschickt gemalt oder als Etikett, das nach ihrer Vorlage gestaltet war. Das ist das besondere Talent von Isolde. Niemand kann das Gesicht der schwarzen Madonna so eindrucksvoll gestalten wie sie. Und das war nicht nur meine bescheidene Meinung, sondern das sagten alle, die die Statue in natura und aus der Nähe gesehen hatten. Allen voran natürlich der Abt, der glücklich war, in Isolde eine so talentierte Künstlerin und Allrounderin, wie er es nannte, gefunden zu haben.

Isolde ist bescheiden und kann trotzdem resolut den Ton angeben. Wäre sie kein Mensch, wäre sie eine Katze wie ich – ach so, ich bin übrigens Lily, schon knapp drei Jahre alt und die offizielle Klosterkatze unseres Pilgerklosters. Nicht nur, weil mein schwarzes Fell so wunderbar zum Habit der Mönche passt, sondern auch, weil ich meine Pflicht als Mäusejägerin sehr ernst nehme und täglich meine Patrouille auf dem ganzen Gelände mache. Dann streife ich um die sechshundert Jahre alten Klostermauern, von dort aus einmal quer und einmal längs durch den alten Garten, unter den Aprikosenbäumen hindurch zu den Bienenstöcken. Ich kontrolliere die üblichen verdächtigen Stellen, wie die Kellereingänge, dann tigere ich gemütlich zurück zum Klosterladen, wo ich gern viel Zeit bei Isolde verbringe. Wir, Isolde und ich, haben ein sehr vertrautes Verhältnis zueinander. Jedenfalls war das immer so bis zu dem Tag, an dem der Hund auf der Bildfläche erschien.

Da Isolde mit schöner Regelmäßigkeit dem Glauben verfällt, zu dick für diese Welt zu sein, kommt sie immer wieder auf die abenteuerlichsten Ideen. Mehr Bewegung war deshalb ein Thema, das öfter auf ihrer Tagesordnung ganz oben stand. Und deshalb fuhr Isolde, wenn das Wetter es erlaubte, mit einem ausrangierten Postfahrrad zum Kloster und nach Feierabend wieder zurück ins Dorf. Eines Morgens, ich war gerade dabei, mich zu putzen, kam Isolde angeradelt und ich sah sofort, dass etwas anders war. Vorn auf dem Gepäckträger stand ein Weidenkorb und in diesem saß ein sonderbares Tier. Ich sprang auf die Mauer neben dem Tor und beobachtete sie fassungslos. Was war das denn?
Vor dem Klosterladen kam Isolde zum Stehen. Sie beugte sich vor, hob einen kleinen Hund, der eine hellblaue Schleife um den Hals trug, aus dem Korb und setzte ihn behutsam auf den Boden. Während ich Distanz hielt, näherte sich von der anderen Seite Bruder Martin, der sich um den Klostergarten kümmert. Er legte ein paar Geräte auf den Boden und begrüßte den Hundewinzling, der daraufhin anfing, sich wie ein Kreisel um sich selbst zu drehen und keuchend zu quietschen. Ich hatte so ein seltsames Geräusch noch nie gehört und blieb misstrauisch auf der Mauer sitzen.

„Das ist Hugo", stellte Isolde den Zwerg vor und ging ächzend in die Hocke. „Ein Mopswelpe! Ist er nicht goldig?"

„Wie der heilige Hugo, Bischof von Grenoble?", fragte Bruder Martin und kraulte den faltigen Nacken des Kleinen. Das musste ich mir genauer ansehen! Ich wagte mich näher. Der Kleine bemerkte mich und tapste auf seinen stämmigen Beinen auf mich zu. „Eigentlich heiße ich Drops, aber sie sagt immer Hugo zu mir!", sagte er und sah mich Hilfe suchend an.

„Lektion eins, kleiner Mops, Menschen geben uns Namen, die ihnen gefallen. Gewöhn dich besser dran!", sagte ich ein wenig von oben herab.

So lernten wir uns kennen. Und schon aus Protest beschloss ich, den Zwerg Hugolein zu nennen oder noch besser Mopsi-Dropsi, denn mopsig war er jetzt schon. Vielleicht, so überlegte ich, gefiel der Zwerg Isolde deshalb so gut: Sie teilten das gleiche Leid in Sachen Gewicht! Ich hingegen war von graziler Gestalt, mein Futternapf konnte nicht voll genug sein und ansetzen tat bei mir gar nichts!

„Das ist also von jetzt an unser Klosterhund", scherzte Bruder Martin, der sich über den knuddeligen Mops gar nicht mehr beruhigen konnte. Eifersucht loderte in mir auf! Ich miaute erbost, doch der Hund ignorierte es und wollte sich unter allen Umständen mit mir bekannt machen – ein Bündel pelziger Zudringlichkeit mit einem Ringelschwanz und einem kreisrunden dunklen Fleck um das linke Auge, was in dem ansonsten hellen Fell aussah, als würde er ein Monokel tragen. Wozu soll ein Klosterhund gut sein, überlegte ich. Doch mir fiel nichts ein. Sein Gewusel machte mich ganz kirre und sein abwechselndes Quietschen und Brummeln, das er „moppern" nannte, dröhnte mir in den Ohren.

„Die Menschen mögen mein Moppern!", beschwerte er sich, als ich ihn zur Ordnung rief.

„Das galt vielleicht früher!", fuhr ich ihn unsanfter als gewollt an.

„Hier mopperst du gefälligst leiser! Wir Katzen haben ein hochfeines Gehör, verstanden?"

Mopsi-Dropsi brummelte ein bisschen. Ob zustimmend oder nicht, das interessierte mich kein bisschen. Aber es war immerhin schon etwas leiser. Den Rest würde ich ihm schon noch beibringen.

„Für einen Wachhund ist er ja noch ein bisschen klein", sagte Bruder Martin gerade, und dann tauschten er und Isolde einen betrübten Blick. Sie erinnerten sich sicher an den vergangenen Herbst. Mopsi-Dropsi fing den Stimmungsumschwung auf und wandte sich an mich. „Was haben die beiden denn?", fragte er.

„Das erzähle ich dir irgendwann mal", antwortete ich. „Wenn du etwas größer bist." Der kleine Mops legte den Kopf schief und sah mich flehend an. So leicht ließ ich mich aber nicht um die Pfote wickeln!

Der Überfall

Die erste Zeit befand ich mich in einem wahren Wirbelsturm der Gefühle. Einerseits war ich eifersüchtig auf Drops, den Mini-Mops, der als tapsiger Welpe und Neuzugang eine Menge Aufmerksamkeit von Isolde und den Brüdern bekam. Andererseits begann ich, mich an ihn und seine Temperamentsausbrüche zu gewöhnen. Zu meiner Schande muss ich gestehen, dass ich sogar anfing, ihn zu mögen. Außerdem war er ja nur tagsüber mit Isolde hier. Nach Feierabend schwangen beide sich auf Isoldes Fahrrad und radelten heim ins Dorf, nach dem das Kloster benannt ist: Wiesenthal. Nun ja, Isolde radelte schnaufend, Drops, der Mops, machte es sich in seinem Körbchen bequem und hechelte bloß.

Nach ein paar Wochen, mir war inzwischen klar, dass Mopsi-Dropsi ohnehin nicht mehr verschwinden würde, fing ich an, ihn über die Geschichte unseres Klosters und die Regeln des Klosterlebens aufzuklären. Zu dieser Geschichte gehörte auch ein äußerst unangenehmes, ja, traumatisches Ereignis, das sich erst vor wenigen Monaten zugetragen hatte. Eines Morgens Anfang April saßen wir auf den Stufen des Klosterladens, als ich Drops, der an diesem Tag eine rote Schleife mit schwarzen Tupfen trug, von dem Überfall erzählte.

„Unser Kloster hat viele Traditionen", begann ich zu erläutern. „Eine davon ist die jährlich stattfindende Weihnachtsfeier für die Bedürftigen der Gegend."

„Bedürftige?", japste Drops.

„Na ja, arme Leute, die keine Geschenke bekommen, keine Geschenke machen können, und denen das Geld für ein … üppiges Festessen fehlt. So." Das Wort „opulent" hatte ich mir gerade noch verkniffen.

„Erzähl, Lily!" Drops rollte sich auf sein rundliches Hinterteil und versuchte wohl Männchen zu machen, kippte dabei jedoch nach hinten und rollte zweimal um seine eigene Achse, bevor er sich wieder aufrappelte.

„Also, du kennst doch Bruder Bertram", fing ich an. Drops nickte aufmerksam „Er ist der Cellerar des Klosters, das bedeutet, er ist fürs Geld verantwortlich. Und letztes Jahr Ende November …"

Meine Gedanken schweiften zurück zu jenem Abend. Draußen war es schon längst dunkel gewesen, und ein eisiger Wind fegte um das Hauptgebäude des Klosters. Ich hatte es mir in einer der Wandnischen im ersten Stock gemütlich gemacht und war gerade dabei, hinter einer Statue des heiligen Balduin einzudösen. Im Hauptgebäude befand sich die große, altehrwürdige Bibliothek, in der früher sogar Handschriften gefertigt wurden, die heute so wertvoll sind, dass sie niemand mehr anfassen darf. Und natürlich auch die Schlafräume der Brüder, Aufenthaltsräume, die Küche und vieles mehr. Direkt neben meiner Nische lag das Arbeitszimmer von Abt Ansgar, und von dort hörte ich die gedämpften Stimmen des

Abts und des Cellerars. Sie waren dabei, die Weihnachtsfeier für die Bedürftigen vorzubereiten. An der anderen Wand gurgelte ein Heizkörper, und ich war so entspannt, dass ich schon fast eingedöst war, als mir ein sonderbarer Geruch in die Nase stieg. Etwas stimmte hier nicht. Meine Instinkte schlugen Alarm und ich war sofort putzmunter. Vorsichtig, um nicht entdeckt zu werden, spähte ich hinüber zum Treppenabsatz und sah eine dunkle Gestalt, die in den Schatten des Flurs kaum auszumachen war. Einer der Brüder, war mein erster Gedanke, aber dann sah ich, dass die Gestalt kein Mönch sein konnte. Statt eines Habits trug der große, hagere Mann dunkle Hosen und eine dunkle Jacke. Sein Gesicht wirkte irgendwie unförmig und war etwas verdeckt, was mich vage an eine Mütze erinnerte. Nur hatte er sich diese über das ganze Gesicht gezogen, so dass es nicht mehr zu erkennen war. Nur seine Augen guckten durch zwei schmale Schlitze. Mir war sofort klar: So lief niemand herum, der gute Absichten hegte! Meine Nackenhaare stellten sich auf und ich ließ ihn nicht aus meinen grünen Augen. Er sah sich nach beiden Seiten um und huschte dann, immer an der Wand entlang, lautlos zur Tür des Arbeitszimmers. Als er an mir vorbeikam, wurde der Geruch stärker, fast penetrant. Er roch nach Angstschweiß und nach irgendetwas anderem, das ich nicht kannte.

Nun hatte der Mann die Tür von Abt Ansgars Arbeitszimmer erreicht. Ohne zu klopfen, riss er sie auf und stürmte in den Raum. Meine Neugier war stärker als jede Vorsicht. Lautlos sprang ich zu Boden und schlich zur offenen Tür. Abt Ansgar und Bruder Bertram saßen sich am Schreibtisch des Abts gegenüber und starrten nun beide fassungslos den Eindringling an. Der zog eine Pistole aus seiner Jackentasche und warf mit der freien Hand einen Stoffbeutel auf den Schreibtisch.

„Geld her!", kommandierte er mit kaum hörbarer, heiserer Stimme.

„Aber ...", stammelte Bruder Bertram. Wortlos richtete der Räuber die Waffe auf ihn. Das war genug, um ihn zum Schweigen zu bringen.

Abt Ansgar nahm mit mechanischen Bewegungen, immer die Pistole im Blick, das Geld aus der Stahlkassette, die offen auf seinem Schreibtisch stand. Es waren etliche Stapel, aber alle bestanden aus kleinen Scheinen. Spenden, die im Laufe des vergangenen Jahres extra für die Weihnachtsfeier gesammelt worden waren. Mit einem tieftraurigen Gesichtsausdruck räumte der Abt die Scheine in den Stoffbeutel und ließ ein Säckchen mit Kleingeld folgen.

„Schlüssel!", forderte der Eindringling jetzt flüsternd.

Mir fiel ein, dass der Räuber auf seinem Rückzug an mir vorbeikommen musste, und ich wollte nicht riskieren, einen Stiefeltritt von ihm zu kassieren, also ging ich auf der anderen Seite in Deckung. Keine Sekunde zu früh, denn kaum hatte er, was er wollte, kam er aus der Tür und sah sich um. Außer ihm war kein Mensch zu sehen. Er zog die Tür des Arbeitszimmers zu, steckte den Schlüssel ins Schloss und sperrte ab. Dann steckte er den Schlüssel ein und huschte lautlos zum Treppenabsatz. Im nächsten Moment war er verschwunden ...

Drops sah mich mit seinen riesigen Welpenaugen fasziniert an. „Warum bist du ihm nicht nachgerannt?", fragte er mit verblüffender Logik.

„Ich war viel zu verwirrt, um an irgendeine sinnvolle Handlung zu denken."

„Und dann? Wie ging es weiter?"

Seine aufgeregte Neugier amüsierte mich. Jetzt war es Frühjahr, wir waren in Sicherheit, die Sonne schien, aber damals ... „Abt Ansgar öffnete das Fenster, und sie riefen um Hilfe", erklärte ich. „Es dauerte allerdings eine ganze Weile, bis jemand sie hörte, doch dann wurden sie befreit. Mit Hilfe des Ersatzschlüssels."

„Und der Räuber?"

Ich gähnte und streckte mich mit aller Umständlichkeit, derer ich fähig war, nur um ihn länger auf die Folter zu spannen. „Man hat keine Spur von ihm gefunden", erklärte ich. „Und das heißt, das Geld ist futsch."

„Gab es denn dann keine Weihnachtsfeier für die armen Leute?"

„Doch, Drops-Klops, die gab es schon. Nur fiel sie eben sehr viel bescheidener aus als sonst."

Isolde öffnete die Tür des Klosterladens und streckte ihr rundliches Gesicht in die Sonne. „Na, Hugo, spielst du schön mit Lily?", fragte sie.

„Tun wir ihr den Gefallen, Lily!", schlug Drops hechelnd vor. „Wer als Erster beim Schneckenzwerg ist!" Und bevor ich mich auch nur würdevoll erheben konnte, flitzte Drops auch schon los.

Frag die Katz'!

Seinen Namen hatte der Schneckenzwerg von mir. Eigentlich war er ein Kunstwerk, zumindest behaupteten das die Menschen. Rein faktisch handelte es sich bei dem Ding um eine Art Gartenzwerg, der auf einer Schnecke reitet und sich dabei an den Hörnern festhielt – ein Schneckenzwerg eben. Er war ein gutes Stückchen höher als ich, vielleicht so hoch wie die Bodenvase im Klosterladen. Isolde fand den Schneckenzwerg zwar nicht überragend schön, hielt ihn aber für künstlerisch interessant und wertvoll. Ich selbst hegte leise Zweifel an Isoldes Kunstverständnis. Und da wir Katzen für unseren guten Geschmack und unser Stilbewusstsein bekannt sind, nahm ich mir auch das Recht heraus, das Teil einfach nur scheußlich zu finden. Das tat der Abt auch – ich konnte sein Gesicht sehen, als er ihn geschenkt bekam –, doch der durfte das natürlich nicht sagen. Der großzügige Schenker war nämlich ein überaus engagiertes Gemeindemitglied, das gern töpferte und sein erstes, großes Kunstwerk dem Kloster stiftete. Deshalb verstand es sich von selbst, dass der Schneckenzwerg Asyl im Klostergarten bekam und bleiben durfte. Bruder Martin indes fand den Schneckenzwerg lustig und stellte ihn vor dem Gartenhäuschen auf, wo er die Gartengeräte aufbewahrte. Zumindest so lange, bis Abt Ansgar ein Machtwort gesprochen und den Schneckenzwerg hinter das Häuschen verbannt hatte. Vielleicht weil er dort ziemlich selten verweilte und das Ding so nicht öfter als nötig sehen musste. Unser Drops-Mops war von dem Schneckenzwerg samt seinen knalligen Farben total begeistert. Trotzdem verlor er das Wettrennen. Ich ließ ihm wie immer einen großzügigen Vorsprung und holte dann im Endspurt auf. Aber eines muss ihm der Neid lassen, er ließ sich einfach nicht entmutigen und forderte mich immer wieder heraus. So langsam fing ich an, den Mops-Drops ins Herz zu schließen.

Es war Ende April und seit Kurzem wieder kühl und regnerisch. Ich nutzte die Zeit, um Drops auf den bevorstehenden Marienmonat vorzubereiten. Und dazu klärte ich ihn auch über die schwarze Madonna auf, den größten Schatz unseres Klosters.
„Der Mai ist der Jungfrau Maria gewidmet", referierte ich und setzte mich dabei auf die Hinterpfoten. Dadurch wirkte ich größer und Dropsi musste zu mir aufschauen. „Es gibt jeden Tag spezielle Mai-Andachten, und es kommen viele Pilger hierher. Immer am letzten Sonntag im Mai findet die Prozession statt, dann wird es richtig voll hier im Kloster."
„Und die kommen alle wegen dieser schwarzen Madonna?", wollte Dropsi wissen.
Ich nickte. „Ja, sie ist das Heiligtum des Klosters, das, was Wiesenthal von allen anderen Klöstern unterscheidet. Die schwarze Madonna von Wiesenthal ist einmalig!", verkündete ich stolz, streckte mich und begann mich zu putzen. Ich war eigentlich nicht besonders eitel, aber in Dropsis Gegenwart fühlte ich mich immer ein

wenig zerzaust. Mein Fell war deutlich puscheliger als seins, und wenn ich durch den Garten streifte, dann verfing sich auch schnell mal eine Klette oder ein bisschen Zeugs darin. Sein kurzes, glattes Mopsfell sah immer aus wie geleckt, dabei putzte er sich nicht halb so oft wie ich, was vielleicht daran lag, dass er ein Hund war. Egal, ich mochte es, mich zu putzen. Dropsi sah mir dabei immer höchst interessiert zu, was ich inzwischen zu ignorieren wusste.

„Und warum?", fragte Dropsi neugierig und guckte mich dabei so fragend an, dass ich gar nicht anders konnte, als weiter auszuholen. „Schwarze Madonnen sind etwas ganz Besonderes! Bei den, sagen wir mal, ‚normalen' schwarzen Madonnen sind in der Regel Gesicht und Hände schwarz. Unsere jedoch ist schon allein deshalb ganz besonders, weil sie vollständig schwarz ist. Sie ist aus einem einzigen Stück schwarzen Opals gefertigt und trägt die Inschrift ‚Nigra sum sed formosa' – das ist Latein und bedeutet: Ich bin dunkel, aber schön!'" Ich hatte den Abt diese Worte viele Male sagen hören, deshalb war ich mir auch sicher, sie richtig wiedergegeben zu haben und meine Fremdsprachenkenntnisse blieben bei Mopsi-Dropsi nicht ohne Wirkung.

„Wow, was du alles weißt!", hechelte er bewundernd. Ich bedachte ihn mit einem mitleidig-liebevollen Blick, manchmal war er wirklich süß, der Kleine. Dann redete ich weiter und erzählte von den vielen Sicherheitsmaßnahmen, die zum Schutz der schwarzen Madonna eingerichtet wurden, dass sie stets verschlossen aufbewahrt wurde und natürlich auch nicht von jedem x-Beliebigen angefasst werden durfte. Ich redete also eine Weile, dann blickte ich auf, um zu sehen, ob Mopsi-Dropsi mir noch folgen konnte oder schon eingedöst war, immerhin hatte er reichlich gefuttert. Doch er sah mich nach wie vor aufmerksam hechelnd an. „Schwarze Opale an sich sind ja schon eine seltene Sache", klärte ich ihn also weiter auf, „aber in der Größe und Beschaffenheit macht allein den Stein als Ausgangsmaterial die schwarze Madonna ganz besonders wertvoll. Zudem ist es auch nicht gerade einfach, einen so wertvollen Stein zu bearbeiten, wie schnell kann er schließlich kaputtgehen! Dazu braucht er nur auf die Fließen zu knallen oder einen anderen harten Boden!" Ich wies auf das Kachelmuster des Fußbodens im Klosterladen. „Wenn sie hier runterfallen würde, dann würde sie in tausend Stücke zerspringen wie Glas, verstehst du?"

Mopsi-Dropsi nickte aufgeregt. „Deshalb passen die Brüder ja auch gut drauf auf. Aber wer hat sie eigentlich gemacht? Und warum ist sie so besonders heilig? Was heißt das denn überhaupt?"

Ich verdrehte die Augen. Dieser verfressene Mops fragte mir noch ein Loch in den Bauch. Andererseits lasse ich andere gern an meinem Wissen teilhaben, deswegen erklärte ich es ihm: „Da ich bisweilen auch zuhöre, wenn der Abt es den Firmlingen erklärt, weiß ich natürlich auch das. Wann genau die schwarze Madonna hergestellt wurde, wo und von wem, ist leider nicht bekannt. Ein Tempelritter hat sie der Legende nach von einem der Kreuzzüge mitgebracht, auf jeden Fall ist sie schon viele Hundert Jahre alt."

„Und wie sieht sie denn nun genau aus?", wollte mein neugieriger Freund wissen. Der gab wirklich keine Ruhe!

„Sie ist ein Stückchen größer als ich, wenn ich mich aufrichte!", schätzte ich. „Auf den Schautafeln in der Eingangshalle steht etwas von 70 Zentimetern, wenn dir das mehr sagt!"

„Du kannst lesen?", staunte Mopsi. Nun verdrehte ich erst recht die Augen. Oh dieser einfältige Hund!

„Natürlich!", fauchte ich. „Ich bin eine Katze! Außerdem erklären der Abt oder Bruder Bernhard es jedem Besucher. Und so eine lächerliche kleine Zahl kann ich mir ziemlich gut merken! Also, wo war ich stehen geblieben?"

„Siebzig Zentimeter!", hechelte Dropsi eingeschüchtert.

„Das ist die Höhe, verstanden?" Ich wartete gar keine Antwort ab. „Eine sitzende Frau, ganz schwarz. Sie hat weiße Augen, die aus irgendwas anderem sind, und unter all dem Kram, den sie anhat, gucken nur ihre Hände vor. Ihre Finger sind recht lang und schmal und natürlich auch ganz schwarz!"

Natürlich wollte er die schwarze Madonna unbedingt sehen, aber es war uns strikt verboten, die Kapelle, in der sich die Statue befand, zu betreten. Ich selbst tat es natürlich trotzdem, aber als Katze, noch dazu mit schwarzem Fell, konnte ich mich leicht verstecken. Drops war hell, japste gut hörbar mit heraushängender Zunge und hatte einen Hang zu Niesattacken.

„Du weißt doch, wie sie aussieht!", erklärte ich ihm, als ich sah, wie enttäuscht er war. Meine Güte, dieser Zwerg war wirklich ein bisschen langsam im Kopf! Wenn auch für einen Hund recht niedlich. Ich setzte trotzdem ein strenges Gesicht auf und fuhr fort.

„Isolde malt und zeichnet sie doch ständig auf die Sachen, die sie verkauft!"

„Aber ..."

„Kein Wenn und Aber, Dropsi! So sieht sie aus und kein bisschen anders, das musst du mir einfach glauben!"

„Aber, Lily, was heißt das denn, dass sie so besonders heilig ist?", fing er wieder an.

„Das heißt, dass die Pilger, von denen du ja schon ein paar gesehen hast, und andere Zweibeiner sie um Hilfe bitten. Wenn sie krank sind zum Beispiel oder ein anderes Problem haben, das sie nicht selbst lösen können. Menschen haben ziemlich viele Probleme. Es heißt, dass die schwarze Madonna Wunder vollbringen kann, und deshalb kommen die Leute hierher. Aber nicht nur, wenn sie Hilfe brauchen, sondern auch, um sie nur so zu verehren und an der Prozession teilzunehmen. Und dann sind noch diejenigen, die sie irgendwann einmal um Hilfe gebeten haben und deren Probleme dann tatsächlich gelöst wurden. Die sind dann so dankbar, dass sie auch wiederkommen zur jährlichen Prozession!"

„Prozession?", fragte Drops und sah mich erwartungsvoll mit seinen schwarzen Kulleraugen an. „Was ist das? Etwas zu essen?" Ich hatte Mühe, ernst zu bleiben, bewahrte aber doch die mir eigene Katzenwürde.

„Ja, zur Prozession. Dabei wird die schwarze Madonna herumgetragen und alle ziehen hinter ihr her. Aber du wirst es ja selbst erleben. Es ist nicht mehr lange hin, nur noch ein paar Wochen", erklärte ich ihm.

„Wochen?", hechelte er. „Das ist ja noch lange hin, Lily!" Was sollte ich dazu noch sagen? Dass Zeit relativ war? Oder dass er sich nicht so anstellen sollte? Ich tat das Einfachste – ich flüchtete, rannte einfach davon. In Richtung Klosterladen. Und Dropsi flitzte mir erwartungsgemäß hinterher. Recht so, Isolde würde die Situation schon irgendwie retten. Immerhin war Dropsi ihr Hund. Und ich war nur eine Katze mit einem von diesem tollpatschigen und neugierigen Mops leicht lädierten Nervenkostüm.

Spuk zur Nacht

Das Gästehaus von Kloster Wiesenthal war von außen ein rustikales, einstöckiges Fachwerkgebäude, dem man nicht ansah, dass es von innen wie eine kleine gemütliche Pension ausgebaut und modernisiert war. In zweckmäßig eingerichteten kleinen Zimmern beherbergte das etwas abseits gelegene Gebäude die Besucher des Klosters, die an den angebotenen Kursen und Veranstaltungen teilnahmen. So ein Kloster, das hatte ich natürlich längst begriffen, musste sich selbst erhalten. Und dazu trugen nicht nur die von Isolde liebevoll gemalten Marien bei und all die anderen Dinge, die sie im Klosterladen so anbot, sondern auch das Kursangebot der Brüder. Auch wenn ich von diesen nun nicht so viel mitbekam. Schweigeandachten sind für Katzen eben genauso wenig spektakulär wie geistreiche Vorträge. Da war es im Garten oder bei Isolde im Klosterladen schon deutlich spannender.

Im Marienmonat herrschte jedes Jahr ein derartiger Ansturm von Pilgern, dass das Gästehaus schon bis zu einem Jahr vorher ausgebucht war. Viele der Gäste mussten sich in Pensionen und privat vermieteten Zimmern in den umliegenden Ortschaften einmieten. Ein paar Naturverbundene kamen sogar mit Zelten und Schlafsäcken.

„Gute Nacht, Lily", sagte Bruder Martin am Abend des 30. April. „Und wenn hier eine Wühlmaus oder Ähnliches herumgeistert, dann machst du dem Spuk ein Ende, nicht wahr?" Damit kraulte mich der gemütliche Mönch hinter den Ohren und vergewisserte sich anschließend, dass ich mit Trockenfutter und frischem Trinkwasser versorgt war. Das Gartenhäuschen war mein eigentliches Domizil. Dort hatte ich einen eigenen Weidenkorb auf einem der hohen Regale. Dass ich nächtliche Touren unternahm und manchmal anderswo schlief, wusste Bruder Martin nicht.

Er war es auch gewesen, der auf meinem Einzug bestanden hatte. Wegen der Wühlmäuse, die angeblich im Garten große Schäden anrichteten. Aber dieser praktische Grund war nur vorgeschoben. In Wahrheit war es einfach Liebe auf den ersten Blick gewesen, als er mich bei einem der Bauern im Dorf unter sechs Geschwistern ausgesucht hatte. Natürlich gab es Wühlmäuse im Klostergarten. In meinen drei Lebensjahren waren mir bereits drei davon begegnet, eine pro Jahr. Ich redete ihnen freundlich ins Gewissen und bat sie, die Pflanzen in Ruhe zu lassen und stattdessen in einem der Komposthaufen herumzuwühlen. Sie folgten meinem Rat, und so stand einer friedlichen Koexistenz nichts im Wege.

Nachdem er mir eine gute Nacht gewünscht hatte, machte sich Bruder Martin auf den Weg zur Komplet.

Ich drehte mich mehrmals um meine eigene Achse und legte mich dann wieder hin. Mir gingen die Worte „Spuk" und „herumgeistern" durch den Kopf, die Bruder Martin sonst nie verwendete. Irgendwie behagten mir diese Worte nicht. Ich wünschte, Dropsi wäre hier, aber der war natürlich mit Isolde zu Hause. Vermutlich schliefen die beiden schon und schnarchten einträchtig im Duett. Mit diesen Gedanken fiel ich in einen leichten Schlummer.

Es war noch dunkel, als ich mit dem Kopf die mehrfach gefaltete Decke zur Seite schob, die meine persönliche Katzenklappe abdeckte. Letztere war ein Loch, das Bruder Martin in die Rückwand des Gartenhäuschens gesägt hatte. Ich musste einmal für Katzendamen, und als das erledigt war, fühlte ich mich wach genug für eine Patrouille. Im Osten war ein ganz schmaler heller Streifen am Himmel zu sehen. Noch war nicht einmal Vogelgezwitscher zu hören. Das Kloster und all seine Bewohner, zweibeinige, vierbeinige, geflügelte und geflosste, lagen in tiefem Schlaf. Ich fühlte mich wie die allererste Katze der Weltgeschichte, als ich über den taufeuchten Rasen schlich. Vorbei am Hauptgebäude, dem Wirtschaftsgebäude, der Holzwerkstatt. Auf einmal spürte ich die Vibrationen menschlicher Schritte. Irgendjemand schlich hier draußen herum, genau wie ich. Vielleicht litt derjenige an Schlaflosigkeit oder wollte einfach nur frische Luft schnappen? Aber warum stellten sich dann die Haare auf meinem Nacken und Rücken auf? Lautlos huschte ich zur Holzwerkstatt und versteckte mich hinter einer Ladung aufgestapelter Latten, die mit einer Plane abgedeckt waren. Vorsichtig hob ich den Kopf und spähte aus meiner Deckung hervor. Schräg gegenüber, wenn auch in einiger Entfernung, befand sich das Gästehaus. Es lag in völliger Dunkelheit, doch meine superscharfen Katzenaugen sahen etwas – einen Schatten. Vor Anspannung hielt ich den Atem an. Langsam, wie in Zeitlupe, wurde die Tür des Gästehauses geöffnet. Lautlos verschwand die Gestalt im Inneren des Gebäudes und zog die Tür wieder hinter sich zu. Kurz danach wurde in einem der Gästezimmer der Vorhang vorgezogen. Ein schwacher, flackernder Lichtschein wie von einer Kerze leuchtete im Fenster auf. Mit angespannten Muskeln und höchster Konzentration kauerte ich unter dem offenen Fenster. Ich hörte gedämpfte Geräusche, die ich jedoch nicht identifizieren konnte. Und das Atmen eines Menschen. Eigentlich hätten es zwei sein müssen, der schlafende Gast und sein unheimlicher Besucher, doch ich konnte nur einen hören. Allerdings bemerkte ich diesen Umstand nur am Rande. Ich war viel zu aufgeregt, um mich gerade jetzt darauf zu konzentrieren. Was ging da drin vor?

Lautlos tigerte ich ein paar Schritte zurück und spannte alle Muskeln an. Jetzt oder nie – ich musste es einfach wissen! Mit einem eleganten Sprung landete ich beinahe lautlos auf dem Fensterbrett und schob langsam mit meiner Nase den Vorhang etwas zur Seite. Gerade so viel, dass ich mit einem Auge ins Zimmer spähen konnte. Was ich sah, waren zwei Männer. Einer lag friedlich schlafend im Bett, der andere saß auf dem einzigen Stuhl, den es in den Gästezimmern gab, neben dem Bett. Er hielt einen Rasierpinsel in der Hand und seifte damit das Gesicht des Schlafenden ein. Nur dass der nicht schlief, wie mir plötzlich klar wurde! Sein Brustkorb war völlig bewegungslos, was bedeutete, dass er nicht atmete. Also befand er sich entweder in tiefer Bewusstlosigkeit oder er war tot! Ich erstarrte und machte keinen Mucks. Der Mann stellte den Rasierpinsel auf den Nachttisch neben die Kerze und klappte ein altmodisches Rasiermesser auf. Der Kerzenschein erleuchtete das eingeseifte Gesicht, aber bedauerlicherweise lag das Gesicht des anderen Mannes komplett im Schatten. Ich konnte nur seine Hände sehen, und daran war nichts Auffälliges – weder Armbanduhr noch Ringe, auch keine Narben oder Tattoos. Er rasierte den Mann auf dem Bett sehr gründlich, dann wischte er mit einem Handtuch Reste des Rasierschaums ab. Sorgfältig rollte er das Rasierzeug, einen Kamm und eine Schere in das Handtuch ein, dann nahm er noch ein kleines Kehrset und inspizierte im Kerzenschein das Bett und den Fußboden darunter. Er hob etwas auf, was wie ein Haarbüschel aussah, und steckte es in eine kleine Plastiktüte, die

noch mehr Haar zu enthalten schien. Dann löschte er mit zwei an-
gefeuchteten Fingern die Kerze und verließ das Zimmer und kurz
darauf das Gästehaus genau so leise, wie er gekommen war. Er
schlich in einer seltsam gleitenden Art an der Längsseite des Gebäudes entlang. An der Ecke blieb er stehen, doch leider konnte ich
seine Gesichtszüge noch immer nicht im Detail erkennen, es war
einfach zu dunkel. Dann verschwand er. Ich nahm an, dass er den
Weg zum Hauptgebäude einschlug.
Ich wollte ihm nicht folgen. Oder besser, ich konnte es einfach nicht
über mich bringen. Etwas ging von der Gestalt aus, das mich er-
starren ließ. Ob ich Angst hatte? Jaaa …, aber es war keine norma-
le Angst wie etwa die, die mich regelmäßig überfiel, wenn wir im
Wartezimmer des Tierarztes saßen, Bruder Martin und ich. Es war
eine ganz und gar eigenartige Angst, die ich nie zuvor empfunden
hatte, und ich konnte sie nicht deuten. Zitternd schlich ich hinüber
zum Gästehaus. Vom Verstand her war mir klar, dass mich kein
Mensch sehen konnte. Im Vergleich zu Katzen haben Menschen
sehr schlechte Augen, und außerdem bin ich schwarz. Aber das
änderte nichts an meiner momentanen Nervosität. Hinter einem
der offenen Fenster hustete jemand, und vor Schreck hätte ich fast
losgefaucht. Vorsichtig näherte ich mich der Tür und nahm Witterung auf. Da war ein seltsamer Geruch, den ich nicht identifizieren
konnte. Mit aller Macht wollte ich mir einreden, dass es einer der
Gäste gewesen sein musste, der mir so einen Schrecken eingejagt
hatte, denn der Geruch, der ihm anhaftete und auch jetzt noch ganz
schwach in der Luft hing, war fremdartig und löste sonderbare Asso-
ziationen in mir aus, die ich nicht greifen konnte. Ich wollte zurück
ins Gartenhäuschen und noch eine Runde schlafen. Wenn ich auf-
wachte, würde ich mich besser fühlen, davon war ich überzeugt.
Mein Heimweg führte mich an der Rückseite des Hauptgebäudes
vorbei, genauer gesagt an dessen Westflügel. Und dort sah ich wieder einen schwachen Lichtschein hinter einem der Kellerfenster,

genau wie vorher im Gästehaus. Ein unstetes Kerzenlicht, das im Luftzug zitterte. Nach ein, zwei Sekunden erlosch das Licht, und im nächsten Moment fragte ich mich schon, ob ich nicht vielleicht einer Sinnestäuschung erlegen war. Wer würde praktisch mitten in der Nacht, jedenfalls noch vor Anbruch der Dämmerung, im Keller herumschleichen? Die Sache gefiel mir ganz und gar nicht, und ich legte einen fulminanten Sprint hin, um mich in die Sicherheit des Gartenhäuschens und meines Schlafkorbes zu flüchten. Auf diese Art von Spuk konnte ich gern verzichten! Überaschenderweise schlief ich sofort ein und wachte erst auf, als die Sonne längst aufgegangen war.

Ein schlimmer Verdacht

Kurz vor sieben Uhr in der Früh fand man Artur Meier. Und damit brach das Chaos los. Bruder Bernhard betreute die Bewohner des Gästehauses und war das, was die Menschen hochbetagt und gesundheitlich angeschlagen nennen. Im Klartext: Er litt an Rheuma und war fast 80 Jahre alt. Doch er fühlte sich noch viel zu jung, um den Abt um eine Reduzierung seiner Aufgaben zu bitten. Er kümmerte sich jedenfalls mit Begeisterung um die Gäste, begrüßte sie bei ihrer Ankunft, klärte sie über die Regeln auf, zeigte ihnen ihre Zimmer und kassierte ihre Mobiltelefone und andere technischen Spielsachen ein, denn sie waren zum Retreat her, zur geistig-religiösen Erbauung. Zu Bruder Bernhards Aufgaben gehörte es auch, sie morgens um halb sieben zu wecken. Im Kloster Wiesenthal beginnt der Tag für die Gäste nämlich um sieben Uhr, noch vor dem Frühstück, mit einer Andacht in der Klosterkapelle.

An diesem Morgen nun hatte Bruder Bernhard an der Zimmertür von Herrn Meier geklopft, um ihn zu wecken, so berichtete er Abt

Ansgar und später den Vertretern der weltlichen Behörden. Ich bekam alles mit, weil ich das Gespräch zwischen Bruder Bernhard und Abt Ansgar ... nein, ich lausche nicht! Ich hörte nur rein zufällig, wie die beiden bei offenem Fenster miteinander sprachen – ein fassungsloser Bruder Bernhard und Abt Ansgar, der ihn zu beruhigen versuchte. So erfuhr ich, dass Bruder Bernhard, als sich im Zimmer von Herrn Meier nichts rührte, zunächst mit seiner Weckrunde weitermachte und anschließend noch einmal zurückkam zur nach wie vor verschlossenen Zimmertür. Er klopfte, lauter und anhaltender, ohne jedoch eine Antwort zu erhalten. Also eilte er, so gut es ihm möglich war, in den kleinen Raum, der ihm als Büro diente, und holte den Ersatzschlüssel zu Zimmer Nummer 14.

„Schon als ich den Schlüssel in der Hand hielt, ahnte ich nichts Gutes!", erklärte er dem Abt. „Dann schloss ich die Zimmertür auf – zum Glück waren die anderen Gäste zu diesem Zeitpunkt schon auf dem Weg zur Morgenandacht, so dass niemand etwas mitbekam –, und da lag der Mann im Bett. Auf den ersten Blick sah es aus, als würde er noch schlafen. Doch dann wurde mir klar, dass ..."

Genau in diesem Moment kam ein Krankenwagen über den Kiesweg gerollt, der zum Hauptgebäude führt, so dass ich kein Wort mehr verstand! Der Krankenwagen hatte weder Blaulicht noch Sirene an und fuhr recht langsam. Ein Mann stieg aus und hob einen großen Koffer vom Rücksitz. Dann verschwand er mit einem weiteren Mann im Inneren des Gebäudes. Kurz darauf erschienen beide wieder, diesmal in Begleitung von Bruder Bernhard und Abt Ansgar. Die vier machten sich auf den Weg zum Gästehaus. Ich schlug einen Haken, kletterte auf eine Birke und wartete, bis sie im Inneren des Gebäudes verschwunden waren. Dann begab ich mich zur Rückseite und wartete, bis ich ihre Stimmen hörte und so wusste, in welchem Raum sie sich befanden. Unauffällig saß ich unter dem entsprechenden Fenster. Nein, ich lauschte nicht, ich wollte nur wissen, was passiert war!

Die Sanitäter stellten fest, dass der Mann tot war. Sie würden den Amtsarzt verständigen, sagten sie und machten sich wieder auf den Weg. Mir knurrte der Magen, außerdem mussten Isolde und Dropsi mittlerweile auch schon angekommen sein, aber meine Neugier siegte und ich blieb auf meinem Posten. Der Amtsarzt, ein kleiner, kugelrunder Mann ohne Haare, erschien kurz darauf und stellte ebenfalls fest, dass der Tote tot war. Wie viele Leute sind dazu eigentlich nötig, fragte ich mich und lief in großen Sprüngen zum Klosterladen.

Dropsi überfiel mich mit Fragen. „Jetzt nicht! Ich bin am Verhungern!", fertigte ich ihn ab und stürzte mich auf meinen von Isolde gerade gefüllten Napf mit Trockenfutter. Wenn sie für etwas Verständnis hatte, dann für den Hunger ihrer Mitgeschöpfe. Wohlweislich hatte Bruder Martin für den Fall, dass er mal verhindert sein sollte, Futter für mich im Laden deponiert.

Auch Isolde war ziemlich aufgeregt an diesem Morgen, der allmählich in den Vormittag überging. Ich hörte Motorengeräusche und sprang aufs Fensterbrett. Dropsi versuchte sich daran hochzuziehen, fiel aber immer wieder zurück auf den Boden, was ihn jedoch kein bisschen entmutigte. „Erzähl, Lily!", verlangte er japsend.

Ich sah den Amtsarzt davonfahren. Unmittelbar danach erschien ein Streifenwagen, gefolgt von einem weiteren Auto. Aha, die Polizei!

Also war der Pilger einem Verbrechen zum Opfer gefallen. Ein Mord in unserem Kloster! Ich konnte es nicht fassen. Ich ignorierte Dropsi, so gut es ging, und irgendwann hörte er auch auf, mich zu nerven. Ich verließ meinen Beobachtungsposten keine Sekunde. Kurz vor dem Mittagsläuten verschwand die Polizei. Dafür erschien Bruder Martin im Klosterladen. Er hatte mich vermisst, sagte er. Da um diese Uhrzeit kaum Kundschaft kam, nutzten er und Isolde die Zeit für einen kleinen Schwatz. Und dabei erfuhren wir, irgendwie zu meiner Enttäuschung, dass der Pilger eines natürlichen Todes gestorben war. „Herzversagen", seufzte Bruder Martin teilnahmsvoll. „Ganz friedlich im Schlaf gestorben."

„Aber warum dann die Polizei?", fragte Isolde.

„Sie haben sich umgesehen und keine Anhaltspunkte für eine unnatürliche Todesursache gefunden", antwortete Bruder Martin.

„Klar", sagte Isolde, die durch ihr Faible für Krimis bestens mit dem Prozedere vertraut war.

Auch wenn der Fall eindeutig schien, sträubte sich etwas in mir. Katzen haben einen siebten Sinn für so etwas, deshalb erzählte ich Dropsi von der unheimlichen Gestalt, die ich in der letzten Nacht beobachtet hatte.

„Aber ich weiß natürlich nicht, ob das ewas zu bedeuten hat", gab ich zu, wenn auch widerstrebend, „oder ob es überhaupt einen Zusammenhang gibt." Ich wünschte mir wirklich, dass alles nur ein Zufall war. Dass der Mann eben wirklich einfach nur so im Schlaf gestorben war. An so etwas wie ein Verbrechen wollte ich nicht denken. Schon der bloße Gedanke war abscheulich. Doch da war mein siebter Sinn und der schlug ganz deutlich Alarm.

Dropsi gab mir einen feuchten, aber tröstlichen Nasenkuss. „Falls etwas nicht stimmt, dann findet Isolde das raus", sagte er im Brustton der Überzeugung. „Isolde ist eine richtige Detektivin. Wie Miss Marple!"

Gefahr am Gartenhäuschen

Innerhalb der nächsten zwei Wochen beruhigte sich der Aufruhr um den toten Pilger wieder. Am Samstag reisten die Gäste ab, von da an wurde das Inventar des Gästehauses geputzt und gewienert, und am Sonntag kam schon der nächste Durchgang. Die meisten Kurse liefen ständig, also gab es auch ein ständiges Kommen und Gehen an Kursteilnehmern. Drops und ich hörten rein zufällig mit an, wie Abt Ansgar sich mit Isolde über den Toten unterhielt. „Er hat seinen Aufenthalt bar bezahlt und hatte keine Papiere bei sich. Nur etwas Kleingeld. In seinem Rucksack befand sich eine Garnitur Wäsche und ein paar wenige Toilettenartikel. Keine Brieftasche, kein Adressbuch, kein Taschenkalender, nicht einmal ein Bahnticket. Auch hatte er kein Handy abgegeben, nichts, gar nichts dergleichen. Schon merkwürdig! Zumindest ein Handy haben heute ja eigentlich alle!"

„Hmmm", brummelte Isolde nachdenklich. „Und was sagt die Polizei dazu?"

Abt Ansgar seufzte tief. „Der Beamte von der Kripo meinte, man würde die Vermisstenmeldungen durchsehen. Doch da haben sie wohl nichts gefunden, denn gemeldet haben sie sich nicht wieder. Aber möglicherweise hat der Mann ja allein gelebt. In irgendeinem dieser anonymen Apartments in einem Vorort von München beispielsweise, wo sich die Leute nicht einmal vom Sehen her kennen. Und wenn er keine Familie hatte und vielleicht auch keine geregelte Arbeit, dann stellt eben keiner eine Vermisstenanzeige! Traurige Welt, wirklich."

Isolde nickte. „Ich verstehe, dass sich die Polizei nicht gerade ein Bein ausreißt wegen dem Mann", sagte sie dann. „Er ist eben einfach gestorben, und die Beamten müssen sich um wirkliche Verbrechen kümmern."

Abt Ansgar stimmte ihr zu, aber seine Stimme verriet meinen feinen Katzenohren, dass ihm die ganze Situation gründlich gegen den Strich ging. Mir hingegen gingen Dropsis Manieren auf die Nerven. Er schnarchte, schmatzte und schlabberte beim Essen. Und wenn er damit fertig war, rülpste und pupste er, außerdem war er immerzu am Hecheln und wuselte nicht nur Isolde ständig zwischen den Beinen herum, sondern auch mir zwischen den Pfoten. Ich fauchte ihn deshalb ein paarmal an und wünschte ihn wirklich sonst wohin. Nach Timbuktu oder auf den Mond. Mitsamt den albernen Halsschleifen, für die er aber nichts konnte. Die gingen auf Isoldes Konto. Trotzdem fand ich sie lächerlich.

Aber ein paar Nächte später wünschte ich sehnlichst, er wäre bei mir gewesen. Es war nach Mitternacht, aber noch weit vor Anbruch der Morgendämmerung. Ich hatte gerade einen Kontrollgang um das Gewächshaus herum absolviert und wollte ins Hauptgebäude, wo sich die Klosterbibliothek befand. Dort hatte ich kürzlich hinter der Wandvertäfelung verdächtige Geräusche gehört, die wie das Trappeln von Mäusepfoten klangen, und ich wollte mir auf keinen Fall Pflichtvergessenheit nachsagen lassen! Ich schlenderte also über den Rasen zur Rückseite des Hauptgebäudes. Dort gab es einen alten Kohlenschacht, der mit einer Holzklappe endete. Der Schacht war seit ewigen Zeiten nicht mehr benutzt worden und niemand hatte sich die Mühe gemacht, die Klappe zu vernageln. Wahrscheinlich wusste auch niemand, dass diese von mir als Zugang benutzt wurde. Ungefähr auf halbem Weg sah ich einen Schatten. Panik stieg in mir hoch. Warum, konnte ich nicht einmal sagen. Irgendetwas war unheimlich und löste meinen Fluchtinstinkt aus. Ich legte ein paar gewaltige Sprünge hin und erklomm eine Birke. Hier oben fühlte ich mich in Sicherheit. Der Schatten bewegte sich fast lautlos vorwärts und steuerte das Gartenhäuschen an. Das gab mir zu denken. Was wollte der in meinem Reich? Die Gestalt erreichte das Gartenhäuschen, dessen Rückseite ich im Blick hatte. Ich erwartete, dass er zur Vorderseite gehen würde, denn meine Katzentür konnte er ja schlecht benutzen. Doch das tat er nicht, stattdessen blieb er stehen – direkt vor dem Schneckenzwerg. Er zog etwas hervor und knipste es an. Es war eine dieser winzigen Taschenlampen, die Menschen an ihren Schlüsseln haben, um im Dunkeln das Schlüsselloch finden zu können. Ich sah den dünnen Lichtstrahl über den Schneckenzwerg huschen. Dann wurde dieser zur Seite gekippt, und das Licht schien in seinem Inneren zu verschwinden. Kurz danach wurde die Figur wieder aufgestellt. Der Lichtschein der Minilampe war viel zu klein, als dass ich etwas von der Gestalt hätte erkennen können. Die Gestalt verschwand wieder in der Dunkelheit. Ich hörte die leisen Schritte in Richtung Hauptgebäude davoneilen.

Eigentlich hätte ich der verdächtigen Person folgen sollen. Was mich davon abhielt, war einmal schiere Angst – ich konnte mich einfach nicht dazu überwinden. Und zum anderen waren die möglichen Konsequenzen einfach zu schrecklich. Wenn ich nämlich feststellen würde, dass die Gestalt im Hauptgebäude verschwand, dann lag es auf der Hand, sprich Pfote, dass es einer der Brüder sein musste. Und diese Vorstellung gefiel mir nicht. Denn ich war absolut sicher, dass es sich bei dieser Gestalt um die gleiche handelte, die ich in jener Nacht, als der Pilger starb, im Gästehaus gesehen hatte. Als nächtlichen Wanderbarbier, der den Toten rasiert hatte.

Für sich allein genommen war jedes dieser beiden Ereignisse sicher harmlos, zumindest hoffte ich das, aber die Kombination gefiel mir einfach nicht.

Natürlich erzählte ich Dropsi am nächsten Morgen, was ich beobachtet hatte. Und zum Glück war der Zwerg nicht nachtragend, er hatte mein Knurren und Fauchen angesichts seiner mangelhaften Manieren schon wieder vergessen. Ich schloss meinen Bericht mit der Bemerkung, dass ich wünschte, er wäre dabei gewesen. Dabei bemühte ich mich nach Kräften, nicht auf die gelbe Schleife mit bunten Igeln zu starren, die Isolde ihm umgebunden hatte.

„Um dich zu beschützen, na klar hätte ich das, Lily!", strahlte er.

„Nein, das nun nicht gerade, Dropsi. Du bist schließlich kein Pitbull, nicht einmal ein Schäferhund." Ich hüstelte diskret. „Aber vier Augen sehen mehr als zwei, und zwei Nasen riechen mehr als eine."

Dropsi dachte lange und angestrengt nach. Dann trabte er los, von unserem Stammplatz vor dem Klosterladen, wo Isolde fürsorglich eine karierte Wolldecke für uns ausgebreitet und einen Wassernapf bereitgestellt hatte. „Ich habe eine Idee!", japste er mir über die Schulter zu.

Dropsi begann zu schnüffeln, und wie! Zuerst nahm er sich den Boden rund um die Stelle herum vor, wo der Schneckenzwerg stand, dann die Figur selbst. Er schnüffelte wie verrückt.

„Vergiss es, Dropsi", sagte ich. „Heute Morgen hat es heftig geregnet. Falls es hier etwas zu erschnüffeln gegeben hat, der Regen hat es in den Erdboden gespült."

„Warum hast du das nicht gleich heute Nacht getan, nachdem die Gestalt wieder weg war?", fragte er. Ich versuchte den Vorwurf in seiner Stimme zu ignorieren. Jetzt bei Tageslicht, war es leicht, rational zu handeln. Aber hätte der kleine Dropsi nachts im Angesicht der irrlichternden Taschenlampe mehr Mumm bewiesen als ich? Das schien mir einigermaßen fraglich.

Dropsi drückte mit der Schnauze gegen den Schneckenzwerg, bis der umfiel. Darunter war nichts. Ein paar Würmer und Asseln, aber sonst nichts. Bis auf … ich steckte meine Nase ins Innere des Plastikgehäuses. Da war ein ganz schwacher Hauch eines beißenden Geruchs, der hier irgendwie nicht hingehörte.

Dropsi schnüffelte beharrlich weiter. Und dann bekam er eine seiner berühmten Niesattacken. Vermutlich der Löwenzahn, dachte ich und verdrehte die Augen. Wie konnte ein Mops nur gegen Löwenzahn allergisch sein?

Die falsche Madonna

Trotz des Todesfalls, den die Brüder und Isolde als einen natürlichen abhakten, ging das Leben weiter. Und die Zeit blieb auch nicht stehen, im Gegenteil, der Mai nahm seinen Lauf und damit auch die Vorbereitungen für die Marienprozession. Alle fieberten dem großen Ereignis entgegen, mich eingeschlossen, doch Dropsi fieberte am meisten! Er war so aufgeregt, dass er praktisch gar nicht mehr zur Ruhe kam. Im Vorfeld reisten ganze Pilgerschwärme an, ich hatte irgendwann aufgehört, die Leute zu zählen, die den Klosterladen stürmten. Isoldes Devotionalien waren zu jeder Jahreszeit beliebt, aber besonders rund um das große Ereignis, welches seit Jahrhunderten fester Bestandteil der Tradition unseres Klosters war. Nur gut, dass Isolde als kluge Frau jedes Jahr vorbaute. Sie nutzte die ruhigere Zeit im Oktober oder auch Ende Januar aus, um vorzuarbeiten, wie sie es nannte. Dann war ohnehin im Laden nicht viel los, so dass sie in aller Ruhe ihre Farben anmischen und sich auf ihre Malereien konzentrieren konnte. Nun war jedoch Hochbetrieb im Kloster! Das Gästehaus war ebenso ausgebucht wie die Pension im Dorf und sämtliche Privatquartiere. Der örtliche Kindergarten und die Grundschule hatten ihr Programm einstudiert und ich hatte meine liebe Not, den ganzen kleinen Kinderfüßen zu entwischen, die in Isoldes Lädchen Zwischenstation machten, um sich dort ein paar Bonbons und jede Menge Lob und Zuspruch abzuholen. Dropsi-Mopsi gefiel das Gewusel, da war er voll in seinem Element. Er hopste an fast jedem Besucher hoch, beschnüffelte alle ausgiebig und ließ sich im Gegensatz zu mir ohne Ende streicheln. „Wie hältst du das nur aus?", fragte ich teils bewundernd, teils entsetzt. Normalerweise verzog ich mich bis zur großen Prozession immer ins Gartenhäuschen, doch weil es ja Dropsis erste Marienprozession war, hatte ich mich breitschlagen lassen, ihm alles haarklein zu erklären. Wie anstrengend der Hochbetrieb jedoch war, hatte ich offenbar verdrängt, sonst hätte ich mich nie und nimmer zu so einer Zusage hinreißen lassen.

Die meisten Besucher waren festlich gekleidet, auch Dropsi hatte am großen Tag eine besonders auffällige, weil schwarz-grün-lila-gepunktete Schleife um, die ziemlich gut die Farben in Isoldes Lieblingsponcho aufgriff.

„Fast könnte man euch für Zwillinge halten!", spottete ich, während Dropsi immer wieder mit der Schleife kämpfte, die einen Tick zu steif war und ihm deshalb immer mal wieder auf der platten Nase hing.

„Sie meint es gut und ist modisch immer up to date!", knurrte er dabei. Diese Modebegriffe hatte er natürlich von Isolde aufgeschnappt und setzte sie liebend gern ein und das meist in einem Zusammenhang, in den sie nicht gehörten.

„Los, beeil dich, sonst kommen wir noch unter einen der vielen Füße!", ermahnte ich Dropsi. Die Klosterkapelle war zum Hochamt sicher wieder brechend voll wie in den Vorjahren. Und ich behielt natürlich recht, Sitzplätze gab es keine mehr, wie ich bei einem schnellen Blick durch das Portal feststellte. Viele Pilger mussten während des ganzen Gottesdienstes stehen bleiben. Natürlich nahm auch Isolde daran teil. Dropsi und ich warteten ungeduldig auf den Beginn der Prozession, während wir andächtig den betenden und singenden Stimmen aus der Kapelle lauschten. Man konnte sich der Erhabenheit des Tages nicht verschließen und Dropsi hechelte vor Begeisterung. Die allgemeine Feststimmung hatte uns im Griff.

„Wann geht es denn endlich los?", konnte Dropsi es kaum noch erwarten. Er platzte fast vor Neugier und ich hatte meine liebe Not, das Hundchen irgendwie im Zaum zu halten. Schade, dass ich ihn als Katze nicht an der Leine führen konnte, durchzuckte mich ein gehässiger Gedanke. Dann öffnete sich die Pforte endlich! Vier Brüder trugen die Sänfte, die kunstvoll aus dunklem Holz gefertigt war, würdevoll im Gleichschritt schreitend. Weiße Leinentücher bildeten eine Art Baldachin über der Madonna. Da es windstill war, kam die Konstruktion besonders gut zur Geltung und die Madonna war hervorragend zu sehen: Ihr feines Gesicht besaß eine Strahlkraft, die jeden in seinen Bann zog. Dropsi war so fasziniert, dass er sogar aufgehört hatte zu hecheln. Gleich hinter der Sänfte schritt Abt Ansgar, gefolgt von zehn Ministranten. Danach kamen die anderen Brüder, gefolgt von den Pilgern. Die Nachhut bestand aus den Bewohnern von Wiesenthal und Umgebung.

Dropsi und ich schlossen uns an. Genau genommen schloss ich mich an. Dropsi hatte die Aufregung wieder fest im Griff und so rannte er ununterbrochen vor zum Anfang der Prozession und dann wieder zurück zu mir. Nach einer halben Stunde war er völlig außer Puste und hechelte, was das Zeug hielt. Traditionell verließ die Prozession das Kloster und pilgerte der Madonna hinterher ins Dorf, wo sie auf einem exakt festgelegten Weg zunächst die Kirche umrundete. Nachdem die Prozession das Dorf Wiesenthal durchquert hatte, führte ihr Weg über Feldwege mitten durch die blühende Natur. Dropsi stöberte am Wegrand entlang. Plötzlich wurde er noch aufgeregter als zuvor. Ich hörte ihn fiepen, und dann überschlugen sich die Ereignisse. Ein Fuchs, etwas größer als Dropsi, brach durch das Unterholz. Dropsi hatte ihn wohl aufgestöbert und wollte ihm folgen, verhedderte sich aber im Gestrüpp und stieß ein herzerweichendes Jaulen aus. Der Fuchs versuchte zu entkommen und rannte los. Zugleich kam Isolde, alarmiert von Dropsis Jaulen, vom hinteren Drittel der Prozession angerannt. Bis Isolde bei ihm ankam, hatte Dropsi sich schon selbst aus dem Gestrüpp befreit. Dann passierte es! Der flüchtende Fuchs war zunächst am Rand des Feldwegs entlanggeflitzt, schlug dann jedoch einen Haken und rannte zurück. Direkt vor der Prozession lief er schräg über den Feldweg und so knapp an einem der Mönche vorbei, dass dieser stolperte und beinahe gestürzt wäre. Dabei ließ er die Tragestange der Sänfte los, wodurch diese ins Wanken geriet, erst nach links, dann nach rechts; dadurch stolperte auch der nachfolgende Mönch und die ganze Sänfte kippte. Fassungslos sah ich, wie die schwarze Madonna zur Seite fiel und dann von der Sänfte rollte. Ich wollte die Augen schließen, um nicht zusehen zu müssen, wie die kostbare Figur zerbrach, aber ich brachte es einfach nicht fertig. Wie paralysiert konnte ich meinen Blick nicht abwenden. Die Madonnenfigur ging zu Boden, brach jedoch nicht in Scherben, wie man es bei einem schwarzem Opal, erwartet hätte. Stattdessen zerfiel die Figur in zwei Teile und etwas, was ich zunächst in meinem Schock für Blut hielt, rann aus ihr heraus. Geistesgegenwärtig drehte der Abt sich um und gab den nachfolgenden Brüdern eine Anweisung, woraufhin diese stehen blieben. Er bückte sich und murmelte etwas, dann nahm er die beiden Teile und legte sie zurück auf die Sänfte. Die Prozession ging weiter, als wäre nichts geschehen, es gab keinen Aufruhr, gar nichts. Vermutlich hatten die am Ende der Prozession laufenden Pilger nicht einmal mitbekommen, dass überhaupt etwas geschehen war. Der Abt zog die weißen Tücher des Baldachins so zurecht, dass die Madonna nicht mehr zu sehen war.

„Auweia", meinte Dropsi. „War das etwa meine Schuld?"

„Irgendwie schon", stellte ich trocken fest, woraufhin sich Dropsis Gesicht noch mehr zerknautschte. „Aber niemand wird dich verdächtigen. Sie haben nur den Fuchs gesehen, Mopsi-Dropsi", beruhigte ich ihn. Auch wenn ich es natürlich niemals offen zugegeben hätte, ich hatte den kleinen Köter längst in mein Herz geschlossen. Dass ihm ein Leid zustieß oder er sich schlecht fühlte, wollte ich nun wirklich nicht! Er war nur ein kleiner Hund, keine Konkurrenz für mich, eher ein kleines Hascherl, auf das ich als gestandene Katze aufpassen musste. Ich stupste ihn aufmunternd in die Seite. „Komm schon, Kopf hoch, Kleiner!"

Isolde, die den Vorfall ebenfalls aus nächster Nähe beobachtet hatte, stand noch immer am Wegrand und rang fassungslos die Hände.

Irgendwie gelang es dem Abt, den Vorfall weitestgehend zu vertuschen. Die wenigen, die fragten, bekamen allesamt die gleiche Antwort: „Der Madonna ist nichts passiert, sie steht eben unter besonderem Schutz!", beschied er allen und niemand wagte einen Widerspruch. Dass die schwarze Madonna selbst seit dem Vorfall noch stärker bewacht wurde, bemerkte ebenfalls keiner. Und damit ging der Plan des Abtes auch auf, denn weder die Pilger noch die Dorfbewohner sollten erfahren, dass die schwarze Madonna ganz offensichtlich nicht, wie es die Legende wollte, aus schwarzem Opal bestand, sondern lediglich aus ganz gewöhnlichem, wenngleich geschwärztem Holz. Bei der Substanz, die ich im ersten Moment für Blut gehalten hatte, handelte es sich um Bleischrot, wie ich bei einem Gespräch zwischen Bruder Martin und Isolde aufschnappte.

„Niemand von uns sollte etwas merken, deshalb hat wer auch immer die Madonna ausgetauscht hat, der Fälschung mit dem Bleischrot das nötige Gewicht verliehen. Und es hat funktioniert! Wäre der Fuchs nicht gewesen …"

Als Dropsi das Wort „Fuchs" hörte, versteckte er den Kopf unter seinen Pfoten.

„Reg dich wieder ab, Dicker", sagte ich. „Niemand hat gesehen, dass du ihn aufgestöbert hast. Du bist aus dem Schneider."

„Meinst du wirklich?", fragte er und zitterte dabei wie Espenlaub. Was für ein Feigling dieses Knautschgesicht doch war!

Drei Tage nach der Prozession am frühen Mittwochmorgen führten Abt Ansgar und Bruder Bertram, der Cellerar, ein ernstes Gespräch unter vier Augen, während sie langsam und gemessen nebeneinander auf den Gartenwegen schritten. Natürlich schritt ich mit ihnen, auch wenn ihnen das nicht bewusst war, zudem zählte nach den Maßstäben der Menschen meine Anwesenheit nicht als Lauschen, also stellte ich die Ohren auf und blieb in Hörweite der beiden.

„Aber es ist ein Verbrechen!", sagte Bruder Bertram eindringlich.

„Ich gebe dir ja recht", erwiderte Abt Ansgar. „Aber wenn wir die Polizei einschalten, dann erfahren alle, dass unsere schwarze Madonna nicht die ist, die sie sein sollte! Irgendein findiger Reporter wird Wind davon bekommen und die ganze Sache ausschlachten. Die Polizei ist uns gegenüber nicht zur Diskretion verpflichtet. Und wenn es erst in der Zeitung steht oder in irgendwelchen Fernsehsendungen diskutiert wird … vom Internet einmal ganz abgesehen …"

„Ja", sagte Bruder Bertram resigniert. „Der Skandal wäre nicht auszudenken."

„Mir geht es nicht um den Skandal, um das, was die Welt da draußen denkt. Mir geht es um die Gläubigen, um die Pilger, die ihr Vertrauen in die schwarze Madonna setzen. Denk doch mal an die vielen Menschen die die schwarze Madonna um Beistand anrufen! An ihre Enttäuschung und ihre Verwirrung! Wir wissen ja nicht einmal, wann sie ausgetauscht wurde. Was, wenn sich herausstellt, dass es schon vor zehn Jahren war? Was würden die Gläubigen empfinden, wenn ihnen klar würde, dass sie einer Fälschung aufgesessen sind? Und ich will mir gar nicht ausmalen, was das für die Zukunft bedeuten könnte! Für unser Kloster, das Gästehaus und so weiter …"

Bruder Bertram senkte den Kopf. „Ich verstehe", brummte er. „Und da die Figur nicht versichert war, hat es ohnehin keinen Sinn, die Behörden einzuschalten. Aber wie wäre es mit einem privaten Ermittler?"

Abt Ansgar schüttelte den Kopf. „Wie sollten wir sicher sein, dass er die Angelegenheit diskret behandelt? Diskretion ist das oberste Gebot. Wir dürfen die Gläubigen nicht noch mehr verunsichern, als sie es heutzutage sowieso schon sind. Die Kirche ist wahrlich genug geplagt von allen möglichen Skandalen, da müssen wir hier nicht noch dazu beitragen!"

Sie redeten noch eine Weile, doch sie kamen zu keinem gescheiten Ergebnis. Mir hingegen war vollkommen klar, dass ich die Sache nicht auf sich beruhen lassen konnte. Jemand hatte unsere schwarze Madonna vertauscht! Ein unerhörter Vorgang. Das musste aufgeklärt werden! Und ich würde meinen Teil dazu beitragen!

Nach ein paar ereignislosen Tagen, in denen sich alles wieder beruhigt zu haben schien, kam eines Abends Abt Ansgar in den Klosterladen. Er wirkte fahrig und nervös. Isolde bediente den letzten Kunden und schloss dann die Tür, die sie wegen der plötzlichen schwülen Hitze den ganzen Tag hatte offen stehen lassen.

„Geht es Ihnen nicht gut?", fragte sie besorgt. „Vielleicht das Wetter? Laut Wettervorhersage soll es heute Abend und während der Nacht schwere Gewitter geben ... wie wäre es mit einem Gläschen Kräuterlikör für den Kreislauf?"

Sie drehte sich zum Regal und wollte eine Flasche herausnehmen.

„Nein, lassen Sie nur, Isolde", unterbrach Abt Ansgar sie. „Ich wollte nur fragen, ob ich vielleicht meinen Rosenkranz hier habe liegen lassen." Dabei sah er sich suchend um.

Isolde sah ihn entsetzt an. „Nein", sagte sie dann entschieden. „Dann hätte ich ihn gefunden und selbstverständlich sofort zurückgegeben. Seit wann vermissen Sie ihn denn?"

„Seit heute früh", antwortete Abt Ansgar. „Als ich mich für den Tag vorbereitet habe, fiel mir auf, dass er weg war. Daraufhin habe ich erst mein Zimmer und dann mein Arbeitszimmer auf den Kopf gestellt, aber er ist und bleibt verschwunden!"

Dropsi sah mich mit bis zum Anschlag aufgerissenen Augen fragend an. Seine weiß-blau karierte Schleife zitterte im Rhythmus seines Herzschlags.

„Der edle mit den Smaragdperlen?", fragte Isolde entsetzt.

„Ja, genau der", antwortete Abt Ansgar. Sein Gesicht wirkte eingefallen und er war weiß wie die Wand. „Mein Patenonkel hat ihn mir zur Erstkommunion geschenkt. Es ist nicht der materielle Wert, der mir so am Herzen liegt. Es ist die Geste, dass ich ihm so viel wert war."

Er griff an seinen Gürtel und hielt einen schlichten Rosenkranz aus dunklen Holzperlen und einem einfachen Holzkreuz hoch, den er ersatzweise benutzte. „Ich weiß, es ist falsch, sich so an Gegenstände zu hängen, dass man meint, es würde einem das Herz brechen, wenn sie weg sind. Das ist gegen die Glaubensregeln und das Prinzip der Armut. Selbst wenn sie einen hohen symbolischen Wert haben."

„Na, ich bitte Sie, Abt Ansgar!", schnaubte Isolde. „Stehlen ist aber noch weit schlimmer, ein Verstoß gegen die Zehn Gebote und die sind in Stein gemeißelt!", stellte sie entschieden fest. „Außerdem sind selbst Sie als Abt, mit Verlaub, auch nur ein Mensch und als solcher dürfen Sie auch sentimental sein und Ihr Herz an ein Geschenk hängen!"

„Das wissen wir ja noch gar nicht, Isolde. Vorläufig frage ich einfach herum und sehe mich um. Ich könnte ihn ja auch verlegt haben. Das ist mir mit meiner Lesebrille schon mehr als einmal passiert. Ich lege sie irgendwo ab und vergesse sie. Dann geht die Sucherei los."

„Das glaube ich nicht", sagte Isolde voller Überzeugung. „Dann kann ich mir noch eher vorstellen, dass Sie ihn verloren haben. Aber nicht verlegt. Man verlegt doch keinen Rosenkranz! Außerdem hätte ihn doch sicher jemand gefunden, und ..." Sie hielt mitten im Satz inne und dachte intensiv nach.

„... zurückgegeben", vollendete der Abt ihren Satz. „Darin liegt das Problem. Er ist weder in meinem Schlaf- noch meinem Arbeitszimmer, und jeder andere Raum hier wird von allen Brüdern gemeinschaftlich genutzt, also müsste ihn jemand gefunden haben, aber das ist nicht der Fall. Und genau deshalb bin ich beunruhigt."

„Ich werde die Augen offen...", sagte Isolde und wurde dann von einem gewaltigen Donnerschlag unterbrochen. Abt Ansgar zuckte zusammen.

„Weißt du, was das heißt, Lily?", fragte Drops, als er wieder unter dem Ladentisch hervorgekrochen war.

„Was denn?", fragte ich amüsiert zurück. Gewitter sind nicht mein Fall, aber Dropsi war offensichtlich noch ängstlicher als jede Katze.

„Wir bleiben hier, bis das Gewitter vorbei ist", schlug in dem Moment der Abt vor und Isolde stimmte ihm sofort zu. Sie verzogen sich in Isoldes Miniküche, die mit einem gemütlichen Divan ausgestattet im Nebenraum des Ladens untergebracht war, der als Warenlager diente. Und natürlich war auch für Drops, der von den Menschen nach wie vor Hugo gerufen wurde, genügend Proviant und ein ausgepolsterter Schlafkorb vorhanden.

Draußen brach indes das Gewitter los. Windböen peitschten den Regen wie einen nassen Vorhang gegen die Schaufensterscheibe des Klosterladens, während die Blitze zuckten und der Donner rollte. Dropsi war fasziniert von diesem ersten schweren Gewitter seines Lebens, zugleich bibberte er vor Angst und hätte sich am liebsten unter dem Divan verkrochen, doch diese Blöße wollte er sich dann doch nicht geben, weder vor Isolde noch vor mir. Ich selbst dachte natürlich auch nicht daran, die Sicherheit des Klosterladens zu verlassen. In einer Art Halbschlaf döste ich vor mich hin und versuchte, die Blitze zu ignorieren, was mir jedoch nur bis zum nächsten Donnerschlag gelang, der mir fast die Trommelfelle zerriss. Dann zuckten unmittelbar nacheinander zwei Blitze vom Himmel und erleuchteten die Dunkelheit. Und ich sah etwas. Unglaublicherweise war jemand draußen unterwegs, und es war die große, hagere, leicht vornübergebeugt gehende Gestalt, die ich schon vorher beobachtet und für ein Gespenst gehalten hatte.

„Dropsi! Da ist das Gespenst!", rief ich. Drops wachte auf und stieß eine Art schnarchendes Grunzen aus, sein Markenzeichen.

„Wo denn? Ich sehe nichts!", jammerte er. „Und wo ist Isolde?"

„Die sitzt auf dem Divan. Und scheint zu schlafen."

Wir sahen einander sprachlos an. Nicht zu fassen, dass die Frau bei einem derartigen Krach einfach schlafen konnte. Der Abt hatte es sich im Lehnstuhl gemütlich gemacht und las in aller Seelenruhe in einem Buch – Menschen sind schon komische Wesen. Bisweilen unerschütterlich, wenn es um Naturgewalten geht, und äußerst zart besaitet wenn menschliches Fehlverhalten im Spiel ist. Aber ich musste sie auch nicht immer verstehen, zumal ich nun Wichtigeres zu tun hatte.

„Komm her und warte auf den nächsten Blitz!", kommandierte ich. Dropsi kam näher und drückte seine Nase an die Schaufensterscheibe.

Lange mussten wir nicht warten. Ein zuckender Blitz entlud sich mit aller Gewalt, dicht gefolgt von einem gewaltigen Ka-Wumm, und da war die Gestalt wieder! Zwischenzeitlich etliche Meter weiter, drückte sie sich an die Wand des Gewächshauses.

„Wer ist das?", flüsterte Dropsi.

„Ich weiß nicht", flüsterte ich zurück. Die Gestalt trug ein langes, schwarzes Gewand, also entweder einen bodenlangen Mantel oder einen Habit. Ersteres konnten wir wohl ausschließen. Es war die zweite Woche im Juni und tagsüber herrschte sommerliche Hitze! Also musste es einer der Brüder sein ...

Dann blitzte es wieder, und nun hatte die Gestalt beinahe das Ende des Gewächshauses erreicht, als der nächste Donner vom Himmel krachte. Die Gestalt ging an der Tür vorbei, und ich konnte ihre Größe besser einschätzen. Mein „Gespenst" ging gebeugt, aber um durch die Tür des Gewächshauses zu kommen, hätte es sich noch ein kleines bisschen mehr bücken müssen; von den Mönchen kam nur Bruder Johannes infrage. Alle anderen waren deutlich kleiner als er. Wenn ich nur sein Gesicht hätte sehen können! Aber jedes Mal, wenn es blitzte, hatte er sein Gesicht zum Gewächshaus hingedreht, es war zum Verzweifeln. Immerhin war ich so abgelenkt, dass ich nicht mehr bei jedem Donner zusammenfuhr.

„Wenn ich ihn von vorn sehen könnte, wäre ich sicher", erklärte ich Drops. Aber so kann ich mich nur an der Gestalt orientieren, und in dieser Hinsicht sieht er aus wie Bruder Johannes."

„Oh, Lily, wie aufregend!"

„Ich frage mich nur, was er im Gartenhäuschen will", überlegte ich laut.

„Wieso denkst du, dass er dorthin geht?", fragte Dropsi verwirrt.

„Na, überleg doch mal", erwiderte ich mit messerscharfer Logik. „Er ist am Ende des Gewächshauses nach rechts abgebogen, das haben wir ja beim letzten Blitz gerade noch gesehen, und wenn er in dieser Richtung weitergeht, kommt er direkt zum Gartenhäuschen."

Das Gartenhäuschen war das letzte Gebäude in dieser Ecke des Geländes. Danach kamen nur noch der Kräutergarten, die Komposthaufen und die Klostermauer. Wir starrten noch eine ganze Weile in die Dunkelheit und den Regen, auch als das Gewitter längst weiterzog. Doch die Gestalt tauchte nicht mehr auf. Und irgendwann verabschiedete sich Isolde mit Hugo-Dropsi-Mopsi im Schlepptau nach Hause. Ich blieb zurück und tigerte durch den Garten. Umsonst, ich fand keine Spur von dem Verdächtigen.

Am nächsten Morgen sah die Sache schon viel besser aus. Ich verzehrte mein Frühstück und trat meine morgendliche Runde an. Die Sonne schien, und die Luft flirrte regelrecht von Schmetterlingen, Bienen und anderen Insekten. Heute schienen sie alle unterwegs zu sein. Konnte es sein, dass sie die Wärme genauso sehr genossen wie zwei- und vierbeinige Säugetiere? Mir kam es so vor.

Ich umrundete das Gelände, konnte aber nichts Ungewöhnliches feststellen. Alles war genau wie immer. Dann schlenderte ich zurück zum Gartenhäuschen und begrüßte Bruder Martin, der in den Regalen zwischen Sämereien, Gartenwerkzeugen und meinem Futter herumwühlte. Er streichelte mich ausgiebig, besonders zwischen meinen Ohren, was mich wie immer in Verzückung versetzte. Dann räumte er Dosenfutter aus einer Stofftasche ins Regal.

„Ich habe alles gekauft, was du gerne magst, Lily", erklärte er und fing dann an, leise vor sich hin zu pfeifen. Seine musikalische Darbietung hatte weder Melodie noch Rhythmus, aber ich mochte es, wenn er pfiff. Es war ein Ausdruck seiner guten Laune. Also fiel ich laut schnurrend ein. Er reagierte nicht, aber ich wusste genau, dass er es bemerkt hatte und sich darüber freute.

Plötzlich brach er mitten im Ton ab. Mit offenem Mund stand er da wie die sprichwörtliche Salzsäule, mitten in der Bewegung erstarrt. Dann schluckte er mehrmals, wobei seine Kehle knackende Geräusche von sich gab. Hatte er seine eigene Version eines Gespensts gesehen? Mitten am hellen Vormittag?

„Das kann doch …", murmelte er und griff hinter die bereits einsortierten Dosen. Er zog etwas hervor und hielt es in Augenhöhe. Ich sah auf den ersten Blick, worum es sich dabei handelte. Bruder Martin drehte sich um. Durch die offene Tür fielen Sonnenstrahlen herein, und jetzt brachen sie sich in den grünen Smaragden, aus denen die Perlen des Rosenkranzes gefertigt waren. Die fünf Dekaden waren durch ziselierte Silberperlen getrennt, die Medaille zeigte die Heilige Jungfrau, und das Kruzifix war aus massivem Silber und reich mit Ornamenten verziert. Bruder Martin war weiß wie die Wand. Auf seiner Stirn pochte eine Ader. Er schloss seine Hand um den Rosenkranz und stürmte los, ohne sich noch einmal umzudrehen. Ich folgte ihm zum Hauptgebäude, stolperte unterwegs aber über Dropsi, der mich aufhielt. Nachdem ich ihm alles berichtet hatte, fragte dieser Mops mich doch in seiner unüberbietbaren Naivität, ob Bruder Martin den Rosenkranz gestohlen hatte.

„Natürlich nicht!", fauchte ich ihn an.

„Aber …", protestierte er zaghaft.

„Nichts aber, er hat ihn gefunden, Dropsi. Im Regal, hinter meinen Futterdosen. Gefunden, nicht gestohlen, verstanden?"

Dropsi dachte nach, was bei ihm immer etwas mehr Zeit in Anspruch nahm. „Abt Ansgar hat ihn nicht in einem Regal verloren, also muss ihn jemand dort hingelegt haben."

„Genau, Watson!", brummte ich. „Allerdings ist Bruder Martin schnurstracks zu Abt Ansgar gestiefelt und hat den Rosenkranz zurückgegeben. Er ist genauso naiv wie du."

Natürlich wollte Dropsi wissen, was ich damit meinte, und ich erklärte ihm, dass nicht jeder Bruder Martin so gut kannte wie ich und wusste, dass er nicht einmal einen Bleistiftstummel hätte stehlen können, ohne an Gewissensbissen einzugehen.

„Jeder wusste, dass Abt Ansgar seinen Rosenkranz vermisst hat, weil er natürlich überall rumgefragt hat", sagte ich. „Und jetzt denken womöglich alle, Bruder Martin hat ihn genommen und dann kalte Füße bekommen und so getan, als hätte er ihn gefunden."

„Aber wenn er ihn doch wirklich gefunden hat, wie ist der Rosenkranz denn dann ins Gartenhäuschen gekommen?" Drops streckte einen Hinterfuß aus und begann sich damit hinterm Ohr zu kratzen, wodurch er leider etwas dümmlich aussah.

„Jemand hat ihn dort hingelegt, damit Bruder Martin ihn finden sollte. Vielleicht nicht unbedingt schon heute, aber früher oder später eben. Niemand außer ihm und mir betritt für gewöhnlich das Gartenhäuschen, und er ist der Einzige, der mein Futter kauft und einräumt. Er hat den Rosenkranz gefunden, weil jemand das so geplant hat, und ich wette mit dir um eine Monatsration Brekkies, dass dieser Jemand auch die schwarze Madonna ausgetauscht hat!"

Ausnahmsweise konnte Drops mir folgen. „Weil beide Taten so hinterhältig sind!", sagte er, ohne dabei mit Kratzen aufzuhören.

„Genau. Sie zeigen, wie der Täter denkt und mit welcher Art Täter wir es hier zu tun haben, nämlich mit jemandem, der nicht offen und geradeaus handelt, sondern in Winkelzügen. Er kennt Bruder Martin und konnte sich darauf verlassen, dass dieser den Rosenkranz auf der Stelle zurückgibt."

„Winkelzüge?", fragte Dropsi irritiert.

„Aber nicht jeder wird das unbedingt so sehen", fuhr ich ungerührt fort. „Man könnte es nämlich auch so interpretieren, dass Bruder Martin der Dieb ist, der die Madonna ausgetauscht hat, und dass er mit dem Rosenkranz nur eine falsche Spur legen wollte." Voller Stolz auf meinen überragenden Intellekt nahm ich die Sphinx-Position ein und schlang meinen Schwanz elegant um meine Pfoten. Auf so eine Schlussfolgerung muss man erst mal kommen! Dass Dropsi höchstens die Hälfte verstanden hatte, störte mich dabei kein bisschen. Der Intellekt eines Mopses reichte eben lange nicht an den einer Katze heran!

Zwei Detektive in Aktion

Wurde Bruder Martin von den anderen Mönchen oder gar vom Abt verdächtigt, ein Dieb zu sein? Nein, natürlich nicht! Sie waren schließlich auch seine Brüder, aufrecht im Glauben. Keiner von ihnen hätte auch nur eine alte Semmel geklaut, geschweige denn eine Madonnenstatue oder einen Rosenkranz. Aber mir kam es so vor, als litt Bruder Martin trotzdem darunter, diesen unseligen Rosenkranz an einem Ort entdeckt zu haben, an dem streng genommen niemand außer ihm sich aufhielt. Auch wenn keiner etwas sagte, merkte ich ihm an, dass seine Stimmung gedrückt war.

„Weißt du, Lily", sagte er sogar eines Abends zu mir, als er mir mein Futter in den Napf füllte, während ich erwartungsvoll um seine Beine strich, „ich würde mich ja selbst auch verdächtigen, wenn ich es nicht besser wüsste! Doch was soll ich machen?"

So niedergeschlagen hatte ich ihn noch nie erlebt. Nein, so konnte das nicht weitergehen, beschloss ich. Bruder Martin war eine Frohnatur, und die wollte ich wiederhaben! Also überredete ich meinen dicklichen Mopsfreund zur Mithilfe.

„Wenn ich kann – jawohl!", hechelte er begeistert.

„Wir müssen Augen und Ohren offen halten!", beschwor ich ihn. Und er hechelte zustimmend.

„Kein Problem! Isolde und ich sind immer früh dran, mindestens

44

eine Stunde, bevor der Klosterladen öffnete. Isolde nutzt die Zeit, um die Waren aufzufüllen, den Boden zu wischen und das kleine Schaufenster zu polieren und ich werde sie dabei nicht mehr aus den Augen lassen!", versprach er mir. Als ob er das nicht ohnehin schon immer tat, Isolde oder jedem anderen zwischen den Füßen rumzuspringen. Mopsangewohnheit, wie ich schnell erkannt hatte, aber ich sagte nichts. Ich brauchte einen Mitstreiter und wenn ich daran zweifelte, ob Mopsi-Dropsi der richtige dafür war, brauchte ich mich nur an das deprimierte Gesicht von Bruder Martin erinnern und schon war ich zu fast allem bereit.

An jenem Morgen, als ich über den Rasen lief, um Dropsi zu begrüßen, der zur Abwechslung eine moosgrüne Schleife trug und aufgeregt mit seinem ganzen Hinterteil wackelte, als er mich sah, war auch der Abt schon im Laden. Er und Isolde unterhielten sich leise. „Ich habe das ganze Internet auf den Kopf gestellt", sagte Isolde und seufzte resigniert. „Alle renommierten Kunsthändler und Galerien im deutschsprachigen Raum habe ich angeklickt, an ein paar von ihnen auch E-Mails geschickt, aber unsere schwarze Madonna ist nirgends zum Kauf angeboten worden."
„Das hatte ich befürchtet", sagte der Abt und versteckte seine Hände in den weiten Ärmeln seines Habits.
„Ich hatte eigentlich gehofft, dass sie irgendwo auftaucht", sagte Isolde. „Wer auch immer sie gestohlen hat, wird sie wohl kaum behalten wollen. Es sei denn, es handelt sich bei dem Diebstahl um eine Auftragsarbeit – so etwas soll es ja geben! Aber diesen schlimmen Fall habe ich jetzt erst einmal nicht angenommen, sondern ich gehe eher davon aus, dass der Dieb sie zu Geld machen will. Wenn er sie nicht bei einem der offiziellen Händler oder einer Galerie anbietet, bleibt nur noch der Schwarzmarkt und dorthin habe ich keine Kontakte."
„Nein, nein, meine Liebe!", setzte der Abt sofort an. „Davon lassen Sie besser die Finger. Ich bin Ihnen überaus verbunden für Ihre

Recherchen, aber sind Sie wirklich sicher, dass die Kunsthändler Ihre Anfrage diskret behandeln werden?"

Die Angst, dass es doch noch zu einem Skandal kommen könnte, stand ihm ins Gesicht geschrieben, wie ich gut sehen konnte. Ich hatte einen todsicheren Blick für den perfekten Beobachtungsposten. Anders als mein Mopsfreund, der nicht müde wurde, durch den Laden zu tollen. Sein Hecheln und die Schleife waren eine wirklich komische Kombination! Ich ließ Isolde und den Abt trotz der Ablenkung durch Dropsi keine Sekunde aus den Augen.

„Machen Sie sich keine Sorgen", raunte Isolde dem Abt zu und blinzelte. „Ich habe extra dafür einen neuen E-Mail-Account eröffnet und mich als Assistentin einer reichen amerikanischen Sammlerin ausgegeben. Außerdem habe ich generelles Interesse für schwarze Madonnen gezeigt. Der Name Wiesenthal wird nirgends erwähnt. Ich habe da neulich erst so einen Krimi gelesen ... aber ich will sie nicht mit Details langweilen."

Abt Ansgar schüttelte lächelnd den Kopf angesichts ihres Aktionismus. „Ich muss schon sagen", meinte er, „an Ihnen ist wahrhaftig eine Detektivin verloren gegangen."

„Der Dieb muss die schwarze Madonna irgendwo versteckt haben", sagte Drops, nachdem der Abt Richtung Hauptgebäude davongegangen war. „Vielleicht in einem der Schlafzimmer."

„Du meinst, es war einer der Mönche?"

„Das weiß ich nicht, Lily. Aber wo sonst könnten wir suchen? Wir kommen doch nicht in die Privatwohnungen der Dorfbewohner. Außer natürlich in Isoldes Haus. Und das von Katharina, ihrer Nichte."

Diese Story kannte ich bereits. Isolde hatte sich schon mit Anfang fünfzig aus ihrem eigentlichen Beruf als Haarstylistin zurückgezogen und den florierenden Salon, den sie sich aufgebaut hatte, an ihre Nichte verpachtet. Sie hatte sich immer zur Malerei hingezogen gefühlt, und als der vormalige Reliquienmaler den Ruhestand antrat, hatte sie dessen Posten übernommen, an dem auch der Klosterladen hing.

„Hmmm", sage ich. „Wir könnten vielleicht ..."

Die Glocke der Klosterkapelle begann zu läuten. Sie rief die Brüder zur Terz, die immer morgens um neun Uhr gebetet wurde. Drops und ich sahen zu, wie sie aus verschiedenen Richtungen zur Kapelle schritten.

„Sieh mal", sagte Drops und zeigte auf einen der Mönche, der aus der Holzwerkstatt kam. „Der sieht doch aus wie das Gespenst!"

„Ach was, das ist doch Bruder Johannes", sagte ich, aber etwas von Drops' Worten klang in mir nach wie ein Echo. Tatsächlich war Bruder Johannes groß und dünn und ging gebeugt. Allerdings trug er einen wallenden dunklen Vollbart, in dem schon einige weiße Strähnen zu erkennen waren. Der Bart und die große Kapuze des Benediktinerhabits, die er bis über die Stirn gezogen hatte, machten es unmöglich, etwas von seinen Gesichtszügen zu erkennen. Sein Gang wirkte wirklich wie ein Gleiten oder Schleichen.

„Was weißt du von ihm?", fragte Drops. „Mag er Tiere?"

„Nein, ich glaube nicht", sagte ich nach einigem Nachdenken. Und dabei fiel mir ein, dass er wirklich der einzige Mönch war, der mich und auch Drops völlig ignorierte. Die anderen Brüder hatten immer ein freundliches Wort für uns, besonders natürlich für unseren drolligen Mopsi-Dropsi, aber nicht Bruder Johannes. „Allerdings spricht er nicht, glaube ich. Jedenfalls habe ich ihn noch nie mit einem der anderen Mönche sprechen sehen. Vielleicht hat er ein Schweigegelübde abgelegt?"

Die nächsten zehn Minuten verbrachte ich damit, Drops zu erklären, was ein Schweigegelübde war. Dieser Mops brachte mich mit seiner ständigen Fragerei noch zur Weißglut. Andererseits war es aber auch eine gute Gelegenheit, mein Wissen an den Mann oder eben an den Mops zu bringen.

„Im Endeffekt bedeutet es nichts anderes, als dass Bruder Johannes Gott versprochen hat, nicht zu sprechen, verstanden?", verlor ich irgendwann die Geduld und verbat mir weitere Fragen nach dem Sinn des Ganzen.

„Aber wir könnten doch die Zimmer durchsuchen, zum Beispiel am Sonntag während des Gottesdienstes", schlug Dropsi als Nächstes vor.

„Und wie sollen wir da reinkommen?", fragte ich lakonisch.

„Du kannst doch Türen öffnen, wenn du dich streckst", beharrte er. „Und während des Gottesdienstes haben wir das ganze Gelände für uns allein, denn Isolde nimmt ja auch daran teil."

„Wie stellst du dir das denn vor?", fragte ich genervt. „Es würde Tage dauern, die ganzen Zimmer zu durchsuchen. So viel Zeit haben wir nicht!"

„Dann nur zwei. Das von Bruder Martin und das von diesem Bruder Johannes."

„Eines", entschied ich. „Bruder Martin hatte nichts damit zu tun, da bin ich mir sicher!"

„Gut, dann nur das von Bruder Johannes", gab er nach.

Am Sonntag warteten wir, bis der erste Choral aus dem Inneren der Klosterkapelle erklang. Dann liefen wir zum alten Kohlenschacht, der in den Keller des Hauptgebäudes führte. Das heißt, ich lief tief ins Gras geduckt und beinahe unsichtbar wie ein Meisterdetektiv, Dropsi stolperte wie ein Mops eben. Das sieht lustig aus, geht aber weder schnell noch leise. Gut, dass niemand im Garten unterwegs war. Das Holz der Rutsche war alt und verwittert, was es griffig für unsere Pfoten und Krallen machte. Zum Glück hatte man damals statt Blech noch Holz verbaut. Dropsi schaffte es trotzdem, einen Salto zu schlagen und bei seiner Landung auf dem Kellerboden eine Staubwolke aufzuwirbeln. Ich kommentierte das nicht, übernahm stattdessen lieber die Führung. So leise wie möglich schlichen wir durch drei schmale Flure und landeten dann auf dem Hauptgang, der zwei Treppen hatte. Die eine endete im Treppenhaus, die andere, ältere, an einem Vorplatz neben den Wirtschaftsräumen. Das waren vor allem Lager für Lebensmittel und Putzausrüstung. Dorthin führte ich Drops. Wir gingen weiter durch das Treppenhaus und vorbei an den Zimmern der Mönche. Ich erinnerte mich, mal gehört zu haben, dass in früheren Zeiten alle drei Stockwerke des Hauptgebäudes mit diesen Zimmern gefüllt waren. Damals hatten mehr als hundert Mönche hier gelebt und es war so eng, dass manche sich ein Zimmer teilen mussten. Jetzt lebten gerade noch vierzehn hier, einschließlich Abt Ansgar. Und alle hatten ihre Schlafzimmer im Erdgeschoss. Klar, warum sollte man im Winter das ganze Gebäude beheizen, wenn viele Räume leer standen? Außerdem waren einige von ihnen schon recht betagt.

„Woher weißt du, welches das richtige Zimmer ist?", fragte Drops.

„Aus Erfahrung", sagte ich mit einem gewissen Stolz. „Ich bin oft hier im Hauptgebäude, obwohl ich das eigentlich nicht sein sollte, aber mein schwarzes Fell ist eine optimale Tarnung und natürlich arbeitet mein perfektes Gehör, das ja selbst Mäusetrappeln erkennt, als Frühwarnsystem. Und nun sei still!"

Wir kamen zur richtigen Tür. Ich stemmte die Vorderpfoten dagegen und streckte mich, bis ich fast den Türgriff erreichen konnte, dann noch etwas mehr. Es gelang mir, die Türklinke nach unten zu ziehen, die Tür schnappte auf, und ich landete im Inneren von Bruder Johannes' Schlafzimmer. Dropsi stolperte hinter mir her.

Es sah hier drin nicht anders aus als in den anderen Schlafzimmern. Gegenüber der Tür war ein zweiflügeliges Fenster, darunter stand auf einer Seite ein schmales Bett und gegenüber befand sich ein kleiner Schreibtisch mit einem unbequem aussehenden Holzstuhl. Daran schloss der Schrank an. Neben der Tür war das Waschbecken. Es gab keinen Teppich, keine Bilder, keinen Schmuck außer einem hölzernen Kruzifix über dem Kopfteil des Bettes. Ich sprang auf das

Waschbecken und inspizierte, was sich auf der Ablage befand. Ein Stück Seife, eine Handbürste, ein hölzerner Kamm, Zahnputzzeug. Aber keinerlei Utensilien, die man zum Rasieren verwendet. Das war sehr enttäuschend. Dabei war ich doch so sicher gewesen, dass er es war, der dem toten Pilger die Rasur verpasst hatte!

Drops nieste.

„Pssst!", fauchte ich gereizt.

„Wir sind doch alleine hier!", verteidigte er sich. „Da ist etwas … riechst du es denn nicht?"

„Nein", gab ich gezwungenermaßen zu. „Was riechst du denn?" Drops verkniff sich sichtlich mühevoll ein weiteres Niesen. Ich sprang zurück auf den Boden und schaute unter dem Bett nach. Da war nichts. Nicht einmal Staubflusen. Der Schrank schloss ebenerdig ab. Ich warf noch einen Blick in den Papierkorb, der aber auch leer war. Ich war in tiefes Nachdenken versunken, als die Glocken das Ende des Gottesdienstes anzeigten.

„Raus hier! Schnell!", rief ich und rannte los. Drops hechelte hinter mir her, so schnell er eben konnte. Keiner von uns dachte daran, die Tür von Bruder Johannes' Schlafzimmer wieder zu schließen. Wir fegten die Treppe hinunter. Im Keller waren wir sicher. Dort machten wir eine kurze Verschnaufpause. Dropsi, kaum dass er wieder zu Atem gekommen war, drückte seine Nase an den Boden und begann zu schnüffeln. „Hier ist wieder der Geruch!", verkündete er. „Zwar schwach, aber identisch, ganz sicher." Ich folgte seiner Spur mit meiner Nase. Und tatsächlich, da war etwas, das mich an den Rand einer Panikattacke katapultierte. Der Geruch war scharf wie bei einem Desinfektionsmittel, aber in einer gewissen Verdünnung. Es gab noch eine Beimischung, die entfernt nach Parfüm roch und wahrscheinlich dazu gedacht war, den beißenden Hauptgeruch zu überdecken. Was vielleicht mit den Nasen der Menschen gelang, aber nicht mit unseren feinen Riechorganen. Woran erinnerte mich der Geruch denn nur?

Wir schlenderten zurück zur ehemaligen Kohlenrutsche. Drops bemühte sich redlich, genauso graziös wie ich einfach auf das untere Ende zu springen, aber natürlich schlug er nach mehreren Fehlversuchen ungefähr so elegant wie ein Meteor dort auf.

„Sieh dich nur mal an", meckerte ich. Sein beigefarbenes Fell war jetzt größtenteils dunkelgrau, seine Schleife hing schräg um seinen dicken Hals und war auch nicht sauberer als der Rest von ihm.

„Wenn Isolde dich so sieht, trifft sie der Schlag und du fliegst kommentarlos in die Badewanne", sagte ich.

„Mir doch egal!", konterte er mit der übertriebenen Nonchalance eines Halbstarken. Aber das Zittern seiner Stimme verriet ihn.

Wir gingen zum Gartenhäuschen. Direkt dahinter war eine Stelle, wo kaum je Sonne hinkam. Das Gras war noch genügend feucht vom Tau, so dass Drops sich darin wälzen konnte, um den gröbsten Dreck aus seinem Fell zu bekommen. Natürlich war diese Idee meinem brillanten Intellekt entsprungen, er selbst wäre nie drauf gekommen! In unmittelbarer Nähe hatte auch der fluoreszierende Schneckenzwerg seinen Platz, was die ganze Sache für Drops umso attraktiver machte, denn er liebte das knallige Teil mit einer geradezu kindlichen Begeisterung für Kitsch.

„Vorsicht, wirf den Schneckenzwerg nicht um!", mahnte ich, als er zum wiederholten Mal seitwärts dagegensprang. „Du weißt, wie lange es das letzte Mal gedauert hat, ihn wieder aufzustellen."

„Ja, Mama", frotzelte Drops. Er setzte sich auf und schüttelte sich. Dabei bekam er Schlagseite. Ich schloss die Augen. Denn jetzt würde genau das passieren, was ich zu verhindern versucht hatte. Im nächsten Moment fiel Drops gegen den Schneckenzwerg.

„Mach die Augen wieder auf, er steht noch!", rief er begeistert und wälzte seinen dicken, dreckigen Po im Gras. Ich ging näher heran und umrundete den Schneckenzwerg, der jetzt eigentlich hätte auf dem Gras liegen müssen. Irgendwas stimmte hier nicht! Mein Herz klopfte bis zum Hals. Ich inspizierte vorsichtig die Unterkante. Und da war es! Ein schmaler Streifen von braunem vertrocknetem Gras! Der Schneckenzwerg war bewegt worden, aber von wem und warum?

Drops lehnte sich mit seiner Breitseite dagegen. Vermutlich wollte er mich nur ärgern, aber ich war viel zu verblüfft, um an ein erneutes Aufbrausen zu denken. Denn das Teil bewegte sich einfach nicht! Nicht mal jetzt und Dropsi war nun wahrlich kein Leichtgewicht, zumindest nicht im Gegensatz zu mir.

„Fester!", forderte ich ihn auf. „Los, stemme dich richtig dagegen!" Erst dachte er wohl, ich wollte ihn veralbern, doch dann gehorchte er und lehnte sich mit ganzer Kraft dagegen. Nichts bewegte sich. Dropsi versuchte es noch einmal, indem er sich mit den Vorderpfoten dagegenstemmte. Nichts. Das war absolut unmöglich! Der Schneckenzwerg war zwar aus Ton und damit sehr schwer. Aber der „Künstler" hatte wenig Ahnung von Statik bewiesen: Unten, also am Fuß der Schnecke, war die Figur recht schmal, der Schwerpunkt lag viel zu weit oben beim Zwerg. Bislang war er bei jedem halbwegs ordentlichen Sturm umgepurzelt. Doch wer würde ihn festschrauben, noch dazu in der kleinen Grasfläche hinter dem Gartenhäuschen? Und von mir unbemerkt? Die ganze Angelegenheit war überaus mysteriös!

Eine ausweglose Lage

Wir machten einen Plan, Dropsi und ich. Bisher hatten wir lauter Einzelteile wie bei einem Puzzle, aber ohne eine Ahnung, wie diese zusammengehörten. Es fühlte sich so an, als ob jemand bei besagtem Puzzle die Verpackung verlegt und den ganzen Haufen Einzelteile einfach in einen Sack geworfen habe. Es ergab alles keinen Sinn; ich konnte kein Bild dahinter erkennen, Dropsi sowieso nicht, aber der war ja bloß ein Hund.

„Ich wünschte, ich könnte die Nächte hier mit dir verbringen", sagte Dropsi. „Aber ich muss ja abends immer mit Isolde nach Hause gehen." Er ließ sich in seiner unverkennbaren Art wie ein nasser Sack zu Boden plumpsen.

„Ich werde genau beobachten, ob Bruder Johannes in der Nacht sein Zimmer verlässt", sagte ich.

„Aber nur beobachten, Lily!"

„Klar, ich begebe mich doch nicht in Gefahr", versicherte ich ihm. Beschworen hätte ich es natürlich nicht, doch ich wollte meinen sabbernden Freund nicht beunruhigen. „Du musst dir keine Sorgen um mich machen, Mopsi-Dropsi!", versicherte ich ihm. „Bis wir etwas herausgefunden haben, dürfen wir uns aber nichts anmerken lassen, verstanden?" Er nickte. Tagsüber benahmen wir uns völlig unauffällig. Abends legte ich mich im Gartenhäuschen in meinen Korb. Bruder Martin sah noch einmal nach mir, bevor er selbst zu Bett ging, und füllte meist auch noch einmal meine Näpfe nach. Und tatsächlich schlief ich erst einmal, um Kräfte zu sammeln. Stunden später, wenn die Lichter hinter den Fenstern des Hauptgebäudes erloschen waren, begab ich mich auf meinen Beobachtungsposten, von dem aus ich die Schlafzimmertür von Bruder Johannes im Blick hatte.

Nach ein paar Nächten, in denen sich absolut nichts getan hatte, wurde mir die Sache langweilig. Außerdem war es unbequem, die Nächte auf dem Treppenabsatz des Hauptgebäudes zu verbringen. Ich sehnte mich nach meinem kuscheligen Korb. Zur Abwechslung patrouillierte ich zur Bibliothek. Von Mäusen allerdings war dort keine Spur mehr. Vermutlich war die ganze Familie umgezogen. Auf die Dauer konnten sie sich schließlich nicht von alten Büchern ernähren, das war ungesund. Vielleicht, so dachte ich, waren sie in den Keller umgesiedelt. Ich würde mich einfach vergewissern. Falls Bruder Johannes sein Zimmer doch verlassen sollte, würde ich die Zimmertür hören. Auf mein Gehör konnte ich mich verlassen. Was ich nicht bedacht hatte, war die Möglichkeit, dass unser Hauptverdächtiger das Gebäude bereits vor meinem Eintreffen verlassen hatte. Und mein nächster Fehler bestand darin, dass ich meine eigene Neugier unterschätzt hatte.

In jener Nacht stromerte ich also ziellos im Keller herum und hing meinen eigenen Gedanken nach. Ich verspürte das ungute Gefühl im Magen, dass ich etwas übersehen hatte. Es gab ein Bindeglied, das die einzelnen Puzzlestücke miteinander verband, aber ich konnte es einfach nicht erkennen! Ein Teil meiner Aufmerksamkeit war noch immer auf die Schlafzimmertür von Bruder Johannes gerichtet, doch von dort kam kein einziger Mucks. So traf es mich völlig unvorbereitet, als die Kellertür geöffnet wurde. Meine Schrecksekunde fühlte sich ungefähr wie eine Million Jahre an, jedenfalls viel zu lange. Die Gestalt, die durch die Tür glitt, trug eine Taschenlampe. Der Lichtkegel näherte sich, und erst im allerletzten Sekundenbruchteil gelang es mir, mich aus meiner Erstarrung zu reißen und in einen der Seitengänge zu flüchten. Dort duckte ich mich hinter einen schmalen Mauervorsprung.

Die Gestalt, die ich vormals für ein Gespenst gehalten hatte, schlich in ihrem unverwechselbar gleitenden Gang den Hauptgang entlang. Mittlerweile war ich fast völlig sicher, dass es kein Gespenst war, sondern Bruder Johannes. Trotzdem standen mir vor Grauen alle Haare zu Berge und mein Herz schlug wie ein Presslufthammer.

Die Gestalt glitt an der Einmündung vorbei und ich musste ihr folgen. Warum, kann ich nicht erklären. Es war vermutlich die legendäre kätzische Neugier, die dem Sprichwort nach schon viele meiner Artgenossen das Leben gekostet hat. Also schlich ich zum Hauptgang, der wieder in völliger Dunkelheit lag. Am Ende des Ganges bog die Gestalt nach rechts ab. Ich zögerte nur ganz kurz und folgte ihr dann. Die Abzweigung endete in einem sehr alten Gewölbe, in dem sich eine Menge Gerümpel angesammelt hatte.

Ich glaubte nicht, dass jemals einer der Brüder freiwillig hierherkam. Außer eben diese Gestalt. Ihre Silhouette, die ich im Schein des nach vorne gerichteten Lichtkegels nur undeutlich erkennen konnte, schlängelte sich durch die Stapel von Gerümpel und hielt vor einer Reihe von schräg an die Wand gelehnten alten Bildern an. Ich duckte mich hinter ein paar Kisten und beobachtete, wie er die Bilder von der Wand rückte. Dahinter wurde die Wandverschalung sichtbar. Mit einer Zielsicherheit, die auf lange Übung schließen ließ, drückte er auf ein Paneel der Verschalung. Daraufhin öffnete sich fast geräuschlos eine kleine Geheimtür. Er musste sich ducken, um durch die Tür zu gelangen. Was tat er da nur? Und wusste sonst noch jemand von der Geheimtür?

Ich war hin- und hergerissen. Dies war die vielleicht nie wiederkehrende Chance, das Rätsel zu lösen und die Puzzleteile zu einem sinnvollen Bild zusammenzusetzen. Andererseits hatte ich noch nie in meinem Leben eine derartige Angst gehabt. Nicht einmal der Überfall im vorigen November … Da war er wieder! Dieser Geruch, nur viel stärker diesmal. Damals war ich dem Räuber erst nach einer gewissen Zeit gefolgt. Und eben dieser beißende Geruch hing damals schwach im Keller, aber ich hatte mir nichts dabei gedacht. Jetzt ging mir der Zusammenhang schlagartig auf. War etwa alles noch viel schlimmer? Hing beides etwa zusammen? Noch ganz benebelt von dieser Vorstellung ließ ich mich von meiner eigenen Neugier zu dieser Geheimtür ziehen. Ich konnte einfach nicht anders! Unmittelbar dahinter erkannte ich ein paar ausgetretene Steinstufen. Der Raum war eine Art Gewölbe, das sehr alt wirkte. Ich konnte mir vorstellen, dass nicht einmal Abt Ansgar etwas von seiner Existenz wusste. Hier stapelte sich ebenfalls alles mögliche Zeug. So ziemlich am anderen Ende des Gewölbes erkannte ich den Lichtschein der Taschenlampe, aber auch jetzt saß die Gestalt im Schatten des Lichtkegels, so dass ich sein Gesicht nicht wirklich erkennen konnte. Es blieb mir also gar nichts anderes übrig, als mich näher anzuschleichen. Ich schlug einen Bogen um Stapel von alten Kisten und Möbelstücken und näherte mich vorsichtig von einer Seite, damit ich sehen konnte, was er da tat.

Er saß auf einer Kiste vor einem Tisch. Die Taschenlampe war ausgeschaltet. Stattdessen standen zwei Kerzen beiderseits eines Handspiegels, der an die Wand gelehnt war. Zu seiner Rechten befand sich eine Sammlung von Gegenständen, die ich nicht identifizieren konnte. Zu seiner Linken lag etwas, das ich zunächst für eine tote Ratte hielt. Dann sah ich das Gesicht im Spiegel. Es war Bruder Johannes – und wiederum auch nicht! Sein Gesicht war bartlos. Die Haut, abgesehen von Stirn und Augenbereich, war rot und entzündet, an manchen Stellen sah sie sogar blutig aus. Wer war diese Gestalt? Ich wagte mich noch ein paar Schritte vor. Das Teil zu seiner Linken war keine Ratte, sondern ein falscher Bart, wie mir jetzt klar wurde. Aber warum trug er einen falschen Bart? Es stand den Mönchen doch völlig frei, wie sie es mit der Barttracht hielten. Abt Ansgar, Bruder Martin und Bruder Bernhard waren glatt rasiert, der Cellerar trug einen Kinnbart, es gab in dieser Hinsicht, soweit ich wusste, keine Vorschriften. Der arme Mann musste fürchterliche Schmerzen leiden. Jetzt öffnete er ein Schraubglas, und am Geruch erkannte ich sofort, dass sich darin Ringelblumensalbe befand. Bruder Martin zog die Ringelblumen im Kräutergarten, und die daraus gewonnene Salbe wirkte heilend bei Wunden. Selbst Isolde schwor darauf! Bruder Johannes trug sie vorsichtig auf seine entzündete Haut auf. Dann saß er einfach nur eine Weile mit geschlossenen Augen da. Vielleicht wartete er darauf, dass die Schmerzen nachließen? Im Spiegel sah sein Gesicht ausgemergelt aus. Tiefe Furchen verliefen waagerecht auf der Stirn und zogen sich von der Nase bis zum Kinn. Er hatte seine Kapuze zurückgeschoben. Sein Haupt war kahl bis auf einen dünnen Haarkranz. Wie alt mochte er wohl sein?

Nach einer Weile nahm er ein Handtuch und tupfte sich damit

vorsichtig die Ringelblumensalbe vom Gesicht. Trotzdem waren seine Züge schmerzverzerrt, in diesem Moment tat er mir wirklich leid. Er griff nach einer weißen Plastikflasche und öffnete sie. Ihr entströmte der beißende Geruch. Bruder Johannes trug die Flüssigkeit auf sein Kinn und seine Wangen auf, dann nahm er den falschen Bart und befestigte ihn in seinem Gesicht. Ein paarmal stöhnte er dabei leise auf. Schließlich zog er sich die Kapuze seines Habits wieder über den Kopf und tief ins Gesicht und erhob sich. Er löschte die Kerzen und schaltete die Taschenlampe wieder an, dann schlängelte er sich in seiner gleitenden Art durch das Gerümpel an mir vorbei. Ich hielt die Luft an. Was ich gerade beobachtet hatte, war – stopp! An mir vorbei! Er stieg die paar ausgetretenen Steinstufen hoch. Wie hatte das denn jetzt nur passieren können? Er war an mir vorbeigegangen und ich dumme Katze hatte nicht daran gedacht, dass er die Tür wieder schließen würde! Das tat er jetzt auch … und ich saß auf meinem Kistenstapel in fast undurchdringlicher Finsternis und fühlte Panik in mir aufsteigen.

Als ich mich wieder etwas beruhigt hatte, begann ich nachzudenken. Der Geruch des Bartklebers war es, den ich auch am Abend des Überfalls wahrgenommen hatte, allerdings hier im Keller, nicht dort, wo ich den Räuber beobachtet hatte. Natürlich. Jetzt ergab das einen Sinn, denn wenn der Räuber und Bruder Johannes ein und dieselbe Person waren, war er nach dem Überfall in den Keller geflüchtet, hatte sich den falschen Bart angeklebt und Hose und Jacke gegen seine Mönchskutte ausgetauscht. Die perfekte Tarnung! Und falls ihn einer der anderen Mönche aus dem Keller kommen sah, war auch das kein Problem, denn immerhin arbeitete er in der Holzwerkstatt und hatte vielleicht einfach nur eine der Türen im Keller abgehobelt oder einen Stuhl hinuntergetragen, der nicht mehr zu reparieren war.

Ich wurde seltsamerweise immer ruhiger. Morgen früh würden Isolde und Drops eintreffen, und Drops würde mich finden. Klar, er war die Superspürnase, jedenfalls wenn er nicht gerade nieste. Er würde so lange herumschnüffeln, bis er meine Witterung aufnahm, und dann würde er Isolde und Bruder Martin, der mich zu diesem Zeitpunkt sicher schon schmerzlich vermisste, in den Keller führen. An meiner Rettung konnte also kein Zweifel bestehen, zumindest redete ich mir das tapfer ein. Unruhig war ich trotzdem. So allein in einem dunklen Kellergewölbe ist es auch nicht lustig. Nicht mal mit der Aussicht auf Rettung. Und was die anderen Probleme anging, war ich plötzlich wieder hellwach. Es war die alte Sache. Menschen konnten uns nicht verstehen. Selbst die wenigen, die wirklich zuhörten, verstanden so gut wie nie, was wir ihnen mitzuteilen versuchten. Sie dachten immer, unser Maunzen oder Bellen hätte nur mit Futter zu tun oder damit, rausgelassen zu werden. Wie sollten wir ihnen klarmachen, dass Bruder Johannes nicht zu trauen war? Dass er höchstwahrscheinlich den Raubüberfall im letzten November begangen und wohl auch die schwarze Madonna gegen eine Attrappe ausgetauscht hatte? Wenn wir sie finden und die Menschen zu ihr führen könnten, würden sie früher oder später begreifen, wie sich alles zugetragen hatte. Aber wo war die schwarze Madonna? Was hatte er mit ihr gemacht? Und wieso hatte er das alles überhaupt gemacht? Ich fand keine Antworten darauf, deshalb schob ich diese Gedanken ganz schnell wieder beiseite. Stattdessen konzentrierte ich mich auf die zentrale Frage: Wie sollte ich die Menschen dazu bringen, dieses Kellergewölbe zu durchsuchen? Ich konnte ja nicht einmal die Geheimtür öffnen! Außerdem gab es hier kein einziges Fenster. Ich brütete und brütete, dann döste ich irgendwann ein.

Licht ins Dunkel

Wie sich am nächsten Tag herausstellte, hätte ich mir um die schwarze Madonna die geringsten Sorgen machen müssen. Denn als ich wieder aktiv ins Geschehen eingreifen konnte, nachdem mich mein bester Freund Mopsi-Dropsi aus meiner Gefangenschaft befreit hatte, war dieses Problem nämlich schon gelöst.

„Mann, ich habe mir Sorgen um dich gemacht!", mopperte Dropsi ohne Unterlass. Er hatte nicht so recht geglaubt, dass ich mich nicht in Gefahr begeben würde, und war in der Nacht immer unruhiger geworden. Das war wohl so eine Art siebter Sinn, von dem ich bisher immer angenommen hatte, dass ihn nur Katzen besäßen. Aber mein guter Einfluss färbte wohl allmählich auf Dropsi ab. Jedenfalls hatte er Isolde so lange genervt und ihr vorgemacht, dass er dringend rausmüsse, bis sie nachgegeben hatte. Dass er dann schnurstracks Richtung Kloster gesaust ist, konnte sie nicht verhindern, also folgte sie ihm.

„Zunächst hatte sie nur den Morgenmantel über ihrem Schlafanzug und die Kapuze über dem Haarnetz, aber als sie merkte, dass ich auf und davon bin, hat sie sich fix was übergeworfen und sich aufs Fahrrad geschwungen. Natürlich habe ich auf sie gewartet, bis sie mich eingeholt hatte. Ich musste ihr doch eine Chance geben!", berichtete Drops stolz wie Oskar. Da war es kurz vor Mitternacht gewesen. Isoldes Panik konnte ich mir ziemlich gut ausmalen, denn sie rechnete ja nicht im Entferntesten mit einem Fluchtversuch ihres geliebten Hugo.

Natürlich hatte ich Dropsi über das von einer Hecke verdeckte Loch in der Gartenmauer längst aufgeklärt. Darauf steuerte er nun zu. Isolde warf sich sogar hinter ihm zu Boden, als er ihr durch das Loch entwischte, sie hing wirklich enorm an ihm. Die beiden krochen also tatsächlich nacheinander durch das Loch – ich konnte mir das kaum vorstellen.

„Sobald ich mir sicher war, dass Isolde mir folgte, bin ich zum Gartenhäuschen gerannt!", erzählte er weiter. „Dort warst du aber nicht! Du kannst dir gar nicht vorstellen, wie groß meine Angst um dich war!" Nun klang das Möpschen eindeutig vorwurfsvoll. Ich senkte schuldbewusst meinen Blick, schon war er versöhnt und berichtete weiter.

„Ich bin also zur Rückseite geflitzt und dort schien sich der fluoreszierende Schneckenzwerg zu bewegen, kannst du dir das vorstellen? Ich rammte alle vier Pfoten ins Erdreich und begann das Teil zu verbellen. Isolde, die direkt hinter mir zum Stehen gekommen war, brüllte den Schneckenzwerg an: ‚Stehen bleiben!' Es war unglaublich!", versicherte mir Drops. Ich lauschte gespannt, denn in meinem Gefängnis im Keller hatte ich nichts von all dem gehört.

„Auch Abt Ansgar muss uns gehört haben, denn er öffnete sein Fenster im ersten Stock des Hauptgebäudes. Auf jeden Fall hat Isolde dann laut gerufen, dass es spukt! Sie klang mehr als hysterisch, und kurz darauf kam Abt Ansgar angerannt. Dann hab ich irgendwie den Überblick verloren, es war dunkel und alles ganz durcheinander …"

„Dropsi, konzentrier dich und berichte einfach die Fakten", wies ich ihn zurecht. Klar, dass ein Hund in dieser Situation überfordert war. Zu schade, dass ich nicht selbst hatte eingreifen können! Dropsi legte den Kopf schief und schien tatsächlich zu überlegen.

„Da war die dunkle Gestalt", begann er dann wieder und ich nickte ihm ermunternd zu, „und die hielt den Schneckenzwerg im Arm und wollte damit weglaufen, aber er ließ ihn fallen oder warf ihn zu Boden …"

Ich schlug streng mit dem Schwanz auf den Boden und merkte, wie ich schon wieder die Geduld verlor.

„So genau hab ich das wirklich nicht mitbekommen, Lily! Der ist dann nämlich weggerannt und ich ihm nach … Ach ja, plötzlich rief Isolde, aber das war vielleicht auch schon vorher, da rief sie:

‚Ich glaube, das ist die Madonna!' Jedenfalls wetzte ich dem Verdächtigen hinterher und bellte dabei, so laut ich konnte! Der lief zum Hauptgebäude, also zum Vordereingang – oder doch hinten lang?"

„Weiter", ermahnte ich ungeduldig. „Komm zum Wesentlichen. Der Verdächtige lief ins Haus, und dann?"

„Genau", griff Dropsi den Faden wieder auf, „woher weißt du das? Ach so, dort warst du ja."

Ich rollte mit den Augen. Dieser Mops! Für einen echten Detektiven fehlte ihm einfach der klare Kopf und der analytische Verstand. Aber dafür hatte er ja mich.

„Ist er denn sofort in den Keller gelaufen?"

„Schnurstracks."

Ich nickte. Das hatte ich mir gedacht. Er hatte bereits da vorgehabt, in seinem Versteck Zuflucht zu suchen. Zu dem Zeitpunkt waren die Geräusche der Verfolgungsjagd bis zu mir gedrungen. Ich vernahm die Schritte im Keller, hörte Dropsis Keuchen und dann ein schmatzendes Geräusch, gefolgt von einem tiefen Knurren. Er hatte offenbar die Gestalt erwischt. Doch er war nur ein kleiner Mops, kein zähnefletschender Bluthund, deshalb konnte der Verdächtige ihn hörbar schnell abschütteln. Ich ahnte, was gleich passieren würde und suchte mir eine Position auf einem Stapel Kisten direkt neben der Tür. Und tatsächlich hörte ich seine Schritte und Dropsis Keuchen näher kommen. Er musste stehen bleiben, um die Geheimtür zu öffnen, und diese Chance nutzte Dropsi, um sich in seinen Knöchel zu verbeißen. Es gab ein Krachen, als er mit dem freien Fuß die Bilder achtlos zur Seite trat und dann auf die entsprechende Stelle der Geheimtür drückte, die lautlos aufschwang. Ich lehnte mich leicht zurück, spannte alle Muskeln an und sprang dem Verbrecher genau ins Gesicht. Dort platzierte ich meine Krallen. In gewisser Weise war das gemein, denn sein Gesicht war ohnehin zerschunden, doch ich hatte keine andere Wahl.

Einmal fehlte mir die Zeit, mir etwas anderes zu überlegen, und zum anderen ging mir auf, dass dies der beste Beweis war. Hugos Bissspuren in seinem Knöchel und meine Krallenspuren in seinem Gesicht. Nicht in hundert Jahren würde er sich da herausreden können. Er schlug wild um sich und stieß einen lang gezogenen Schmerzensschrei aus, der in ein Wimmern überging. Ich sprang von ihm weg und eilte zu Hugo.

Wir hörten Schritte und dann die vertrauten Stimmen von Isolde und Bruder Martin. Letzterer hatte eine starke Taschenlampe bei sich.

„Aber ist das nicht ... sind Sie ... Bruder Johannes?", rief Isolde zweifelnd und verwirrt, und dann gab es ein kurzes Gerangel zwischen Bruder Martin und dem Verbrecher. Irgendwie wurde ihm dabei der falsche Bart abgerissen und Dropsi bekam einen gigantischen Niesanfall, als er sich den falschen Bart schnappte, den er wohl im Eifer des Gefechts ebenfalls für eine Ratte hielt.

Nun waren auch die meisten anderen Brüder wach und im Keller angekommen. Sie führten den Verbrecher ins Büro von Abt Ansgar. Auf dem Schreibtisch vor ihm stand die schwarze Madonna von Wiesenthal. Endlich war sie wieder da, es war schon ein erhabener Moment, sie dort liegen zu sehen: heil und in einem Stück und endlich wieder in Sicherheit! Abt Ansgar sah sie auch liebevoll und erleichtert an. Von der gegenüberliegenden Seite des Schreibtischs warf ihr der Verbrecher hasserfüllte Blicke zu.

Isolde stand in der offenen Tür. Hinter ihr stand Bruder Martin. Abt Ansgar machte keine Anstalten, die Tür zu schließen. Vielleicht wollte er möglichst viele Zeugen für das, was jetzt kommen sollte. Dropsi und ich quetschten uns an Isolde vorbei. Abt Ansgar wandte sich an den Mann, der Bruder Johannes täuschend ähnlich sah – aber ohne Bart doch plötzlich sehr fremd wirkte.

„Mein Name ist Wilfried Reichold", stellte dieser klar. „Johannes war mein Bruder. Ein richtiger Scheinheiliger!"

Mir stellten sich die Nackenhaare auf, so kalt klang seine Stimme.

Ich sah Isolde schwer schlucken, auch Bruder Martin schüttelte den Kopf.

„Sein Bruder? Johannes war ein ehrenwerter Mönch, ein Bruder im Geiste und im Herzen, der sich ganz der Sache unseres Ordens verschrieben hatte! Wie kommen Sie dazu …"

Abt Ansgar schüttelte unmerklich den Kopf und Bruder Martin schwieg entsetzt. Dann sprach der Abt erneut.

„Wir alle hier haben Ihren Bruder sehr geschätzt, Herr Reichold. Wollen Sie uns nicht endlich aufklären, was diese Scharade eigentlich soll?"

„Johannes", er spie den Namen förmlich aus, „hatte ja auch immer Glück gehabt, anders als ich!" Er wies auf sein von Ekzemen verunstaltetes Gesicht. „Mein Bruder hatte leicht reden, er stand auf der Sonnenseite des Lebens. Im Kloster hatte er ein gutes Auskommen, ein Dach über dem Kopf, regelmäßige Mahlzeiten und eine Gemeinschaft, der er angehörte. Davon konnte ich nur träumen. Ich hatte immer Pech. Mein ganzes Leben lang."

Seine Hände zuckten. Entschlossen kämpfte er den Impuls nieder, sich das Gesicht zu kratzen. Abt Ansgar musste ihn nicht auffordern zu erzählen. Er tat es von ganz alleine.

„Wir stammen aus einer sehr armen Familie", begann er. „Unser Vater war ungelernter Arbeiter in einer Glasfabrik. Das bisschen Geld, das er nach Hause brachte, wenn er nach dem Zahltag aus dem Wirtshaus kam, reichte hinten und vorne nicht. Er war ein Choleriker, er schlug unsere Mutter und er schlug uns. Mutter ging putzen, solange sie konnte, aber sie war schwach und kränklich. Johannes und ich trugen Sachen aus der Kleiderkammer der Heilsarmee. Wir hatten keine Fahrräder, keine Bücher, nicht einmal richtiges Spielzeug. Ich weiß, was Sie denken!", lachte er irgendwie irre. „Warum hat keiner die Behörden alarmiert – aber das war damals noch nicht so wie heute! Johannes hat immer gebetet! Das hat Johannes von ihr! Unsere Mutter war sehr fromm. Eine gläubige Katholikin, überzeugt, ihre Ehe sei vor Gott geschlossen und könne nicht aufgelöst werden und sie müsste alles ertragen. Als mir das aufging, war ich zwölf Jahre alt. Und ich entwickelte einen Hass auf … all das hier." Er machte eine vage Handbewegung, die das ganze Kloster umfassen mochte. „Ich wuchs … und mein Hass wuchs mit mir. Am Ende wuchs ich sogar Johannes über den Kopf, wenn auch nur drei Zentimeter. Wenn wir sonntags den Gottesdienst hier in der Kapelle besuchten, sah ich die Kunstwerke. Die teuren Buntglasfenster, die vergoldeten Statuen und ganz besonders die schwarze Madonna, die einen unschätzbaren Wert haben sollte. Wir alle riefen sie an in unserer Not, weil sie ja angeblich Wunder bewirken konnte. Aber für mich gab es kein Wunder. Und als Mutter dann auch noch starb, war es ganz aus", sagte er bitter. „Mein Bruder trat den Benediktinern bei und fand dadurch seine Heimat und ein geordnetes Leben. Ich selbst brach mehrere Ausbildungen ab, konnte mich kaum mit Hilfsarbeiten über Wasser halten. Dann war vor zwei Jahren die Wahl zum neuen Abt von Wiesenthal. Mein Bruder hätte es verdient gehabt, Abt zu werden. Aber nein. Sie wurden es, Ansgar Solger. Einer, der mit einem goldenen Löffel im Mund geboren wurde!"

„Woher wollen Sie das denn wissen?", brauste Abt Ansgar auf, aber sein Gegenüber dachte gar nicht daran, darauf einzugehen, sondern setzte seine Lebensgeschichte fort. Vielleicht, so dachte ich, war er einfach mal froh, sich alles von der Seele reden zu können.

„Zu dieser Zeit brauchte unser Elternhaus dringend ein paar Reparaturen. Es war fast unbewohnbar. Da kam mir die Idee mit dem Überfall. Ich wusste natürlich von den jährlichen Weihnachtsfeiern. Immerhin war ich ja einer der Bedürftigen, die dabei bewirtet wurden! Und ich wusste ebenfalls, dass Sie das gesammelte Geld in Ihrem Arbeitszimmer aufbewahren, also musste ich nur draußen warten, bis dort das Licht anging, mich dann vergewissern, dass niemand im Treppenhaus war, und schon war es meines." Er stieß ein unfrohes Lachen aus.

„Wie sind Sie denn an die Waffe gekommen?", wollte Abt Ansgar wissen.

„Das war keine richtige Waffe", sagte Reichold. „Ich habe sie aus einem Stück Holz geschnitzt und mit Schuhcreme geschwärzt. Wie auch immer, das Geld reichte nicht lange, und am Ende wurde das Haus zwangsversteigert und ich landete auf der Straße. Das war im Februar. Johannes wollte sich dafür einsetzen, dass ich einen Job hier im Kloster bekäme. Aber das hat auch nicht geklappt, weil er verlangte, dass ich Ihnen im Gegenzug den Überfall gestehen sollte."

„Und deshalb entwickelten Sie am Ende auch noch einen Hass auf Ihren eigenen Bruder? Weil er verlangte, dass Sie reinen Tisch machen, bevor Sie ein neues Leben anfangen", sagte Abt Ansgar wie zu sich selbst.

„Mir war klar, dass Sie mich dann ohnehin nicht nehmen würden", brauste Reichold auf. „Und ich denke, mein Bruder wusste das auch. Er hat nur versucht, mich hinzuhalten …"

„Und dann?"

„Johannes stellte mir ein Ultimatum, als ich nicht auf seinen Vorschlag einging. Er gab mir sechs Wochen Zeit. Wenn ich bis dahin nicht gestanden hatte, würde er es Ihnen selbst sagen. Damit hat er sein eigenes Todesurteil unterschrieben."

Abt Ansgar sah ihn nur schweigend an. Isolde schüttelte entsetzt den Kopf und Dropsi fiepte kläglich. Doch der Verbrecher war noch nicht fertig!

„Ich meldete mich als Pilger Artur Meier hier im Kloster an", sagte er. „Johannes und ich haben die gleiche Statur, aber niemand wusste, wie sehr sich auch unsere Gesichter gleichen. Er trug ja diesen lächerlichen Rauschebart. Niemand wusste, wie er ohne ihn aussah. Ich kam also hierher und quartierte mich ein. In der ersten Nacht schlich ich mich in Johannes' Schlafzimmer und erstickte ihn mit seinem Kissen."

Isolde stieß einen erschrockenen Laut aus.

„Ich war sehr vorsichtig, habe nicht mal Spuren hinterlassen", fuhr Reichold fort „Und Sie wissen ja, wie das ist – wenn kein Verdacht aufkommt, sucht auch keiner nach Hinweisen für Mord! Dann trug ich ihn ins Gästehaus und legte ihn in mein Bett. Ich schnitt ihm den Bart ab und rasierte ihn ..."

Ich warf Drops einen vielsagenden Blick zu. Dabei also hatte ich ihn beobachtet!

„Dann klebte ich mir den falschen Bart an und übernahm seine Rolle. Von dem Kellergewölbe und der Geheimtür, die dort hineinführt, wusste ich, seit ich mal als Tagelöhner dabei geholfen hatte, altes Mobiliar dort zu verstauen. Die falsche Madonna hatte ich vorbereitet. Geschnitzt, genau wie die Waffe. Aber ich konnte sie nicht mit Schuhcreme schwärzen, weil ich wusste, dass das spätestens herauskommen würde, wenn einer der Mönche sie anfasste. Also schwärzte ich sie über einem Holzkohlenfeuer. Ich sägte sie in der Mitte durch, höhlte das Innere aus und füllte es mit Bleischrot, damit das Gewicht stimmte. Dann tauschte ich eines Nachts die Madonna gegen die Fälschung aus. Zuerst versteckte ich die Figur im Kellergewölbe, aber das war mir zu unsicher. Ich wollte sie so schnell wie möglich verkaufen. Um nicht mit ihr im Hauptgebäude erwischt zu werden, versteckte ich sie deshalb vor ein paar Tagen in diesem Gartenzwerg. Wie zum Geier hätte ich denn ahnen sollen, dass dieser blöde Hund ..."

„Na! Ich muss doch bitten!", ließ sich Isolde vernehmen. „Wie wir gerade sehen, ist Hugo ja nun alles andere als blöd!"

„... und diese dämliche Klosterkatze ...", fuhr er fort.

„Wie gut, dass die beiden da waren", sagte Abt Ansgar. „Ohne Hugo und Lily hätten wir an das alte Kellergewölbe nicht einmal im Traum gedacht! Sie haben es als Versteck benutzt, um sich den falschen Bart anzukleben. Aber warum..."

„Sehen Sie mich doch an! Ich leide unter Ekzemen, und ein richtiger Bart ist die Hölle für meine Haut! Jeder einzelne Versuch hat mich an den Rand des Wahnsinns gebracht. Ich muss die Heilsalbe direkt auf die Haut auftragen …"

Ich konnte sehen, dass Abt Ansgar Mitleid mit Reicholds Leiden empfand. Sein Gesicht sah aus wie eine verbrannte Kraterlandschaft, rot und entzündet.

„Sie wissen, dass wir Sie der Polizei übergeben müssen, Herr Reichold? Sie haben Ihren eigenen Bruder ermordet, und das ist nur das schlimmste Ihrer Verbrechen. Der Überfall und der Diebstahl der schwarzen Madonna sind im Vergleich dazu Bagatellen."

Schweigend senkte Reichold den Kopf.

„Und im Gefängnis haben Sie dann ein Dach über dem Kopf und regelmäßige Mahlzeiten", konnte sich Isolde nicht verkneifen zu bemerken. Dafür liebte ich sie umso mehr. Sie ließ weder ihren geliebten Hugo, noch mich aus den Augen, ihre Zuneigung zu uns stand ihr deutlich ins Gesicht geschrieben!

Natürlich wurde Wilfried Reichold verhaftet. Es gab einige Aufregung in der Lokalpresse, Isolde und der Abt gaben ein paar Interviews, doch uns, Dropsi und mich, hielten sie natürlich aus der Öffentlichkeit raus.

Die schwarze Madonna wurde wieder an ihren ursprünglichen Platz in der Kapelle zurückgebracht und alle Beteiligten einigten sich darauf, darüber zu schweigen. Selbst der verhaftete Verbrecher sagte kein Wort dazu aus, klar, es hätte seine Strafe sicher noch erhöht, sofern das überhaupt noch möglich war.

„Vielleicht will er es sich doch nicht so ganz mit dem lieben Gott verscherzen und sagt deshalb nichts!", gab Dropsi seine Meinung dazu wieder. Ich machte mir so meine Gedanken, aber auf eine gescheitere Erklärung kam ich auch nicht.

Seitdem ist es wieder ruhig im Kloster Wiesenthal. Natürlich bin ich froh, dass der Verbrecher gefasst wurde und wir beide, Dropsi und ich, für unseren Anteil an der Lösung des Falles gelobt und belohnt wurden. Abt Ansgar und Isolde spendierten uns ein regelrechtes Festmahl als Anerkennung.

Mopsi-Dropsi und ich sind nun die allerbesten Freunde. Als Team sind wir unschlagbar, auch wenn ich hoffe, dass dieser Kriminalfall der einzige bleibt, den wir lösen müssen. Aber wie sagt Isolde immer so schön: Man weiß nie, was das Leben noch bringt!

Schatten über Wiesenthal

Ein Tag im Vorfrühling

Es war einer dieser ungewissen Tage im Vorfrühling. Das Erdreich fühlte sich unter meinen Pfoten noch immer eisig an, doch wenn die Sonne durchbrach, was ganz plötzlich geschehen konnte, dann wärmte sie mein glänzend schwarzes Fell mit einer Intensität, die heftige Frühlingsgefühle in mir weckte. Ich konnte es jedenfalls kaum abwarten, dass es endlich wieder Frühling wurde! Die Dunkelheit und Kälte des Winters schlugen sogar den Menschen aufs Gemüt. Der Klosterladen, den Isolde führte, würde bald öffnen, also waren sie und ihr tollpatschiger Mops Dropsi, der offiziell noch immer Hugo hieß, sicher gerade auf dem Weg hierher ins Kloster. Ich spitzte die Öhrchen, nahm sie aber noch nicht wahr. Dafür näherte sich Bruder Martin. „Es könnte noch einmal schneien, Lily", sagte er. „Also ist es noch zu früh, die Schneeschaufeln und das Streugut endgültig wegzuräumen. Andererseits …", schaute er sich unsicher um. Ich wusste genau, wie er sich fühlte. Die Natur und alle Lebewesen hatten genug von der Kälte und sehnten sich nach Frühjahr und Sonne. Fast schon instinktiv streckte ich meinen Kopf ein bisschen höher in der Hoffnung, dadurch etwas mehr Wärme von der Sonne erhaschen zu können. Brr, wie ich Kälte hasste! Und erst in Verbindung mit Nässe! Vorsichtig hob ich meine linke Vorderpfote. Immerhin war es nicht mehr so eisig, dass ich bei längerem Stillstand festzufrieren drohte. Ein Fortschritt.

„Ich werde lieber doch noch warten", murmelte Bruder Martin und richtete sich ächzend auf. Ich folgte seinem Blick und sah Bruder

Matthias in seiner unverwechselbar trippelnden Gangart den Hauptweg zum Pförtnerhäuschen hinuntergehen. Er war einer der ältes-
ten Mönche im Kloster Wiesenthal, aber abgesehen davon, dass ihn
immer mal wieder der Rheumatismus plagte, war er noch sehr rüs-
tig. Während der Sommermonate betätigte er sich hauptsächlich als
Pförtner. Da außerhalb der Saison nur selten Besucher kamen, war
die Pforte in dieser Zeit nicht besetzt, wer kam, musste klingeln,
dann wurde ihm auch geöffnet. Während dieser ruhigen Monate half
Bruder Matthias entweder in der Wäscherei oder in der Küche aus.
Ich hatte ja den Verdacht, dass es die Wärme der beiden Örtlich-
keiten war, die den alten Herrn dort hinzog. Bruder Matthias grüßte
nicht nur Bruder Martin, sondern wie die meisten Brüder begrüßte
er auch mich, denn ich gehörte als Klosterkatze ja nun schon zum
Inventar, wie Bruder Martin das neulich genannt hatte.
Durch das Haupttor kam Isolde und neben ihr strangulierte sich
Drops fast mit seinem Halsband. Er japste, rang nach Luft und zerrte
dann in meine Richtung. Ich tat, als würde ich es nicht bemerken
und konzentrierte mich stattdessen darauf, eine würdevolle Position
auf dem Vorplatz des Gartenhäuschens einzunehmen und mir dabei
noch ganz nonchalant eine Vorderpfote zu putzen. Drops war jeden
Morgen so aufgeregt, dazu bedurfte es keines Anlasses. Wäre er ein
Mensch, müsste er vermutlich Tabletten für den Blutdruck nehmen,
aber bei Hunden nennt sich das Temperament und ist keine behand-
lungsbedürftige Krankheit. Noch einmal warf Drops sein ganzes
kompaktes Gewicht, das inzwischen ein paar Kilogramm ausmach-
te, in die Leine und brachte dadurch Isolde aus der Balance. Sie ließ
einen Teil ihrer Taschen fallen und bückte sich danach und endlich,
endlich schnappte sie den Karabiner auf und entließ den japsenden
Drops in die Freiheit der Klosteranlage. „Hugo", versuchte sie ihn ein
wenig zu bremsen, doch das war zwecklos, wie sie schnell einsah,
denn Drops preschte los und schleuderte dabei mit den Hinterläu-
fen Klumpen nasser Erde hinter sich auf. Kopfschüttelnd ließ Isolde

ihn gewähren. Unsere Begrüßung verlief wie immer: hitzig und leidenschaftlich auf seiner Seite, kühl und gelassen auf meiner. Nicht dass ich mich nicht über seine Liebesbezeugungen gefreut hätte … ich hielt mir nur den Rückweg frei für den Fall, dass er, von seiner eigenen Begeisterung mitgerissen, anfing, mir das Gesicht zu lecken. Dieses Gesabber ging mir dann doch zu weit. Alles in allem war er für einen Hund ganz okay, der gute Drops.

Aus dem Augenwinkel bekam ich mit, wie Bruder Matthias den großen hölzernen Briefkasten neben der Klosterpforte aufschloss und darin herumtastete.

„Der Briefträger kommt nie vor elf Uhr vormittags", stellte Drops scharfsinnig fest. So viel hatte er schon von mir gelernt, braves Kerlchen!

„Klar, gut kombiniert, Watson", lobte ich ihn, Futter und Aufmerksamkeit waren nämlich lebensnotwendig für einen Mops wie Drops, „aber es könnte ja sein, dass jemand einen Brief oder ein Päckchen lieber persönlich einwirft, als es mit der Post zu schicken."

„Du bist aber klug, Lily!", hechelte er voller Bewunderung.

Bruder Matthias lief zurück zum Hauptgebäude, in der Hand den Briefumschlag, den er aus dem Kasten gefischt hatte.

Drops und ich trotteten hinüber zum Klosterladen, in dem es mittlerweile schon mollig warm war. Der Winter war „außerhalb der Saison", was bedeutete, es fanden nicht wie sonst regelmäßige Führungen mehrmals am Tag durch das Kloster statt. Isolde nutzte diese Zeit, um alle Arten von Gegenständen mit dem Bildnis der schwarzen Madonna zu bemalen, wofür sie ein bewundernswertes Talent hatte. Die so bemalten Gegenstände wurden im Klosterladen verkauft. Ich sprang auf das Fensterbrett, wo eine zusammengefaltete Decke auf mich wartete. Drops hopste aufgeregt auf und ab und zerkratzte dabei mit den Vorderpfoten die Holzverkleidung. Dass das Fensterbrett außerhalb seiner Reichweite lag, ärgerte ihn maßlos. „Na sag schon, Lily, was geht draußen vor?"

„Warum gehst du denn nicht raus und siehst selbst nach?", fragte ich. „Während du hier in der Wärme sitzt und trotzdem alles mitbekommst?! Findest du das fair?" Sein Knautschgesicht verzog sich, als wollte er gleich losheulen.

„Da kann ich nichts machen", versuchte ich ihn zu beschwichtigen. „Du bist nun mal ein Hund, und Hunde sitzen nicht auf Fensterbrettern. Das ist uns Katzen vorbehalten!" Im vollen Bewusstsein meiner Überlegenheit schwelgend streckte ich mich genüsslich von der Nasen- bis zur Schwanzspitze.

„Also gut", lenkte ich dann ein, als ich seinen verzweifelt-neugierigen Gesichtsausdruck nicht länger ertragen konnte. „Bruder Bernhard kommt gerade aus dem Hauptgebäude. Er trägt seine Noten unter dem Arm und macht sich auf den Weg zur Kirche …"

Bruder Bernhard war der Kantor des Klosters und eine irgendwie ätherische Erscheinung. Er ging nicht, er wandelte. Und er wirkte vergeistigt wie sonst kaum jemand.

„Alles wie immer", fasste ich für Drops zusammen, der immer noch hechelnd nach oben starrte. Ich mochte es, wenn dieser kleine Mops zu mir aufblickte.

Mein Magen knurrte – Zeit für einen kleinen Imbiss. Ich wollte gerade vom Fensterbrett springen, da bemerkte ich eine kleine Gruppe von Gästen, die schweigend über das Gelände zur Kirche gingen. Als die Tür aufging und Drops die Leute sah, war seine Neugier grenzenlos und er bestürmte mich mit seinen Fragen. Also erbarmte ich mich und erklärte ihm, trotz meines knurrenden Magens, kurz, was es damit auf sich hatte.

„Während der Fastenzeit sind Schweigetage im Kloster sehr beliebt. Die Gäste fügten sich in das Leben der Mönche ein, so gut es eben innerhalb von fünf Tagen geht. Sie helfen auch in der Küche, im Garten und beim Saubermachen."

„Wie? Sie sind dann ganz stumm?", wunderte sich Drops. „Aber ich höre sie doch brummeln!"

Was er „brummeln" nannte, waren die Gebete aus der Kirche, die wir dank unserer scharfen Ohren auch noch in großem Abstand hören konnten. Ich verdrehte die Augen.

„Sie beten natürlich in der Kirche und für diese Zeit gilt das Schweigegebot natürlich nicht. Aber es steht ihnen frei, laut oder leise zu beten oder auch ganz zu schweigen und stattdessen zu meditieren!", erklärte ich weiter. Drops hing an meinen Lippen. „Die meisten Teilnehmer an den Rückzugs- und Schweigetagen trudeln im Laufe des Sonntags ein. Am darauffolgenden Freitag ist dann das offizielle Ende der Veranstaltung, und nach und nach verschwinden sie dann wieder. Anschließend putzen die Brüder das Gästehaus und bringen alles wieder in Ordnung, das heißt die Wäsche wird gewechselt, die Böden geschrubbt und gewachst und die Vorräte werden aufgefüllt, damit für die neuen Gäste alles frisch und sauber ist. Alles klar?" Bei Dropsi erklärte ich sicherheitshalber alles mehr als idiotensicher, mopssicher nannte ich das für mich.

„Hm", meinte Drops und kratzte sich hinter dem Ohr. „Sehr interessant, Lily. Erzähl mir bitte alles, was du über das Leben im Kloster weißt!"

Ich seufzte und ging hinüber zu meinem Napf, in den Isolde etwas Trockenfutter gefüllt hatte. Nach ein paar Bissen fuhr ich fort, Drops aufzuklären. Das ging bis zum frühen Nachmittag so weiter, dann war ich derart heiser, dass ich kein weiteres Wort herausbrachte.

„Schluss jetzt!", krächzte ich. „Ich kann nicht mehr! Außerdem kommt gleich ein Schneesturm." Und tatsächlich war es draußen auf einmal so dunkel wie im Kohlenschacht. Dann brach das Schneegestöber los, und Drops musste natürlich unbedingt raus und den dicken, nassen Flocken nachjagen, bis er selbst tropfnass war. Ich hingegen beobachtete die Szenerie vom warmen und trockenen Fensterbrett aus. Doch auch Drops, der voller Ausdauer stundenlang spielen konnte, hatte irgendwann genug und so kam er zurück. Pitschpatschnass und eiskalt.

„Herrlich war das! Ganz großartig! Musst du unbedingt auch mal probieren!", japste er begeistert, während Isolde ihn abtrocknete.

„Vergiss es!", sagte ich hoheitsvoll schnurrend. „Das ist eher was für dich!"

Drops nahm es als Kompliment, und als Isolde fertig war mit dem Gerubbel, machten die beiden sich auf den Heimweg.

„Bis morgen!", verabschiedete sich Drops und stolperte dabei über seine ungelenken Beine. Eleganz jedweder Art ging ihm völlig ab.

Ich brauchte Luftveränderung und lief hinüber zum Hauptgebäude. Dort ließ ich mich selbst durch einen Luftschlitz, der in eine uralte Speisekammer führte, hinein. Draußen war es jetzt fast dunkel, und irgendetwas war anders als sonst. Unentschlossen schlich ich den Korridor entlang und huschte die breite Wendeltreppe hinauf in den zweiten Stock. Dort lag das Arbeitszimmer von Abt Ansgar und aus diesem heraus drangen durch die geschlossene Tür gedämpfte Stimmen. Ich ließ mich neben der Tür nieder, rein zufällig versteht sich, denn es würde mir nie in den Sinn kommen zu lauschen, und putzte mir hingebungsvoll die Pfoten. Dabei spitzte ich die Ohren. Die eine Stimme gehörte dem Abt, die andere gehörte Bruder Bertram, dem Cellerar des Klosters. Abt Ansgar klang beruhigend und beschwichtigend, Bruder Bertram jedoch sehr aufgeregt. Leider konnte ich nur einzelne Wortfetzen verstehen. Es ging um einen Brief, den Bruder Bertram erhalten hatte. „Aber das ist doch ewig her!", sagte er gerade mit ungewohnt schriller Stimme. „Wir müssen die Ruhe bewahren, Bruder", antwortete Abt Ansgar eindringlich. „Vielleicht ist es ja nur ein Streich. Jemand hat sich einen dummen Scherz erlaubt." Gedämpftes Rascheln von Papier war zu hören. Aha! Das musste der besagte Brief sein. „Die Drohung ist ja völlig nichtssagend! Alles allgemein, nichts Konkretes." Eine Drohung? Bruder Bertram, der ernste, tiefsinnige Cellerar mit dem Spitzbart, wurde bedroht? Mit aufgestellten Ohren lauschte ich weiter. Das Putzen hatte ich längst eingestellt. Hier war außer mir niemand, ich brauchte keine Tarnung.

„Ich weiß, was du getan hast", las Bruder Bertram offenbar vor. Dabei zitterte seine Stimme, wie ich es noch nie gehört hatte. „Sonst steht da nichts. Was soll das?"

„Streng genommen ist es ja nicht einmal eine Drohung", sagte Abt Ansgar beschwichtigend. „Nur dieser eine Satz, und der kann alles und jedes oder auch gar nichts bedeuten."

„Mich beunruhigt das aber!", erwiderte Bruder Bertram ärgerlich. „Ich möchte es nicht auf die leichte Schulter nehmen. Wer weiß, was als Nächstes kommt? Es geistern ja schon genügend unbewiesene Vorwürfe draußen rum! Wenn ich an die ganzen Skandale der letzten Jahre denke, egal ob in der katholischen Kirche oder anderswo, da reicht inzwischen ja schon der Hauch eines Verdachts, und der ganze Orden gerät in Verruf! Und im Kleinen fängt es vielleicht genauso an. Mit einem lächerlichen Brief, den keiner so recht ernst genommen hat. Bis dann irgendwelche abstrusen Geschichten durchs Internet geistern. Wir leben im 21. Jahrhundert, da muss keiner mehr was beweisen, nur noch behaupten und es gibt genügend Leute, die das gern glauben. Die Wahrheit interessiert doch keinen mehr ..." Er hatte sich regelrecht in Rage geredet und als er nach Luft schnappte, nutzte Abt Ansgar die Chance für weitere beruhigende Worte. „Ich verstehe deine Sorgen, aber wir müssen die Ruhe bewahren!", beschwor er Bruder Bertram.

Ich hörte das leise Scharren, als er seinen Stuhl zurückschob und sich erhob.

„Ich behalte den Brief erst einmal", sagte der Abt und bewegte sich Richtung Tür. Geistesgegenwärtig zog ich mich in den Schatten des Flurs zurück, bevor sich die Tür öffnete. Dort wartete ich, bis beide gegangen waren. Dann trottete ich zurück zu meinem offiziellen Wohnsitz, dem Gartenhäuschen. Bruder Martin hatte wie immer etwas Futter und Wasser für mich bereitgestellt. Genüsslich verspeiste ich meinen Gute-Nacht-Snack, dann kuschelte ich mich in mein Körbchen und rollte mich zusammen. Kurz vor dem Einschlafen dachte ich daran, wie liebevoll und fürsorglich unsere Brüder waren. Sie liebten das, was Abt Ansgar manchmal „die ganze Schöpfung" nannte, nicht nur Menschen, sondern Tiere und Pflanzen ... Natürlich wusste ich, dass es auf der Welt auch schlimme Dinge gab: Mord und Totschlag, Gewalt gegen Mensch und Tier. Auch unser Kloster war nicht dagegen gefeit. Schließlich hatte das Verbrechen ja sogar schon den Weg bis hinter unsere Klostermauern gefunden. Ich dachte kurz an die Sache mit der schwarzen Madonna. Ich jedenfalls würde für jeden einzelnen der Brüder die Pfote ins Feuer legen. Keiner von ihnen war zu irgendetwas Bösem fähig. Also wie konnte jemand Bruder Bertram einen so gemeinen Brief schreiben? Während ich darüber noch nachgrübelte, schlief ich ein.

Rauchzeichen und andere Botschaften

Der März begann mit einer Menge Hektik. Nachdem sich die Ausfälle der in die Jahre gekommenen Elektrik des Klosters derart häuften, dass fast jeden Tag mit dem Komplettversagen zu rechnen war, hatte Abt Ansgar sich nach zahllosen Beratungen mit Bruder Bertram entschlossen, die elektrischen Versorgungsanlagen des kompletten Klosters erneuern zu lassen. Henning Luber, der ortsansässige Elektriker, bekam den Zuschlag und schon wenige Tage darauf ging es los. Nun ging Herr Luber mit seinen Handwerkern im Kloster ein und aus. Eile war angesagt, denn alles sollte noch vor den Osterfeiertagen fertig werden, und so arbeiteten die Elektriker bis in die Abendstunden hinein und auch an den Samstagen. Es war ein pausenloses Gewusel, Geratter und Getrampel und Dropsi und ich mussten aufpassen, dass wir nicht versehentlich den Elektrikern zwischen die schweren Arbeitsschuhe gerieten. Insbesondere Drops erregte die Betriebsamkeit gewaltig, sein Hecheln war zumindest deutlich aufgeregter als sonst.

„Siehst du Lily, was die alles reintragen?" Dropsi hopste aufgeregt von links nach rechts und machte mich damit ganz kirre. „Und es werden immer mehr! Fünf Elektriker habe ich gezählt! Dort, dieser Typ mit den wilden Haaren, der rennt die ganze Zeit hin und her!" Dropsi ließ den jungen Mann nicht aus den Augen.

„Er trägt eben das Material hinein!", erklärte ich ihm gelangweilt.

„Ja, aber in welchem Tempo!", kläffte Dropsi ungehalten. „Und er lächelt nicht mal, hat ein ganz verkniffenes Gesicht!"

Dropsi war recht schnell in seinem Urteil: Wer ihm kein Lächeln schenkte oder nicht wenigstens etwas Essbares, hatte schon verloren. Mir selbst war die zusätzliche Hektik auch unangenehm. Ich beobachtete aus leicht zusammengekniffenen Augen den graubärtigen Herrn Luber, der einen jungen Kerl herumkommandierte. Der jüngere Kollege, ein vierschrötiger Kerl mit besonders großen Füßen, trug mehrere Kabeltrommeln, als wären sie federleicht. Er war mir ein wenig unheimlich.

„Ich würde zu gern mal erschnüffeln, was die da so alles reintragen!", brummelte Dropsi aufgeregt. Sein Ringelschwanz vibrierte vor Anspannung, als er die nächsten vier Handwerker in ihren Blaumännern näher kommen sah.

„Guck mal, eine Katze!", lachte einer der Männer. Er war noch nicht sehr alt, hatte blonde kurze Haare, einen Vollbart und eine drollige Brille auf der Nase, was ihm ein seltsames Aussehen gab, so als hätte er sich verkleidet.

„Und daneben ein Mops, ich glaub's nicht!", rief sein Kollege. Nun kamen sie näher und was machte Dropsi? Hechelte ihnen entgegen und ließ sich streicheln!

Etwa zur selben Zeit geschah etwas völlig Außergewöhnliches: Das Kloster bekam einen Neuzugang, einen Novizen! Ich war hin und weg, schon weil ich wusste, dass sich Bruder Martin oft im Gespräch mit anderen Brüdern um die Zukunft des Ordens im Allgemeinen und die des Klosters im Speziellen Sorgen machte.

„Was ist ein Novize?", wollte Drops aufgeregt wissen, als ich aufmerksam unseren Neuzugang betrachtete. Das war er also! „Lily, was ist ein Novize?", fragte Drops ungeduldig und hechelte unentwegt. Dabei sah er mich mit seinen riesengroßen braunen Augen neugierig an. „Sag schon!"

Oh, dieser Mops, die Ungeduld auf vier Pfoten! Ich seufzte leise.

„Ein Novize ist ein Mann, der Mönch werden will, so einfach ist das!", erklärte ich. „Zunächst lebt er für ein Jahr im Kloster. Dann wird entschieden, ob er in den Orden aufgenommen wird. Er selbst kann es sich auch anders überlegen und jederzeit gehen." Ich hatte mit Bedacht die einfachste Erklärung gewählt, schließlich war es Drops, der hier die Fragen stellte, nicht irgendeine Intelligenzbestie.

„Aha", meinte Drops und verkündete dann nach längerem Nachdenken seine tief greifende Erkenntnis: „Deshalb trägt er Jeans und Cordjacke! Er ist so eine Art Lehrling."

Er hatte es erfasst. Andreas, der Novize, war noch sehr jung. Drops hatte gleich nach dem ersten Beschnüffeln eine tiefe Zuneigung zu ihm gefasst, vielleicht deshalb, weil Andreas ihm in Tollpatschigkeit und Ungeschicklichkeit in nichts nachstand. Wäre er ein Hund, Andreas meine ich, wäre er ganz sicher ein Mops geworden.

Andreas hatte jedenfalls ein ausgeprägtes Talent zum Stolpern und sorgte im Rahmen seines Küchendienstes dafür, dass eine Menge neues Geschirr angeschafft werden musste. Ständig schien ihm etwas runterzufallen, er stolperte dauernd über seine eigenen Füße … kurz, der schlaksige junge Mann war so ungeschickt, wie ich es bei einem Zweibeiner noch nie zuvor erlebt hatte. Da mir Krach und Lärm nicht sonderlich behagten, hielt ich einen gewissen Abstand zu ihm. Drops hingegen war nicht so zurückhaltend, aber er war ja selbst auch ein eher lautes Geschöpf. Er hopste an ihm hoch, beschnüffelte ihn und ließ sich gern von ihm kraulen. Die beiden verstanden sich jedenfalls prächtig. Zudem war ausgerechnet Bruder Bernhard, der Kantor des Klosters, auch Novizenmeister. Einen größeren Gegensatz als diese beiden hätte man sich kaum vorstellen können! Nun stolperte der unbeholfene Andreas hinter dem ätherischen Kantor her, ließ Notenblätter fallen und polterte die Treppen zur Empore hinauf, wo die Orgel stand. Bruder Bernhard schien alles mit einer unglaublichen Gelassenheit zu ertragen, doch Andreas wirkte so angespannt wie kurz vor einem Nervenzusammenbruch. Er wollte alles richtig machen und scheiterte oft an seinen eigenen Ansprüchen.

Dann passierte es, ohne jede Vorwarnung! Isolde fand einen Brief neben der Kasse des Klosterladens. Das Kuvert war nicht beschriftet, sie riss es auf und zog ein einziges Blatt Papier heraus. DU BIST DER NÄCHSTE stand da in großen Druckbuchstaben. Isolde ließ das aufgefaltete DIN-A4-Blatt fallen und starrte mit weit aufgerissenen Augen um sich. Drops bemerkte ihren Schockzustand und wollte das Papier beschnüffeln, aber da bückte sie sich und riss es ihm vor der Nase weg. Die Ladenglocke bimmelte und zwei Kunden kamen herein. Schnell schob Isolde den Brief zurück in den Umschlag und versteckte dann beides im untersten Fach ihrer altmodischen Registrierkasse. Ich hatte alles vom Fensterbrett aus beobachtet.
Jetzt fragt sich vielleicht der ein oder andere Mensch: Können Katzen überhaupt lesen? Eine gute Frage. Selbstverständlich können Katzen lesen! Wie jedes vernunftbegabte Wesen, von denen es allerdings nicht sehr viele gibt. Hunde beispielsweise sind zum Lesen viel zu dumm. Ich will zwar nicht behaupten, dass ich in der Klosterbibliothek die gesammelten Werke von Augustinus von A bis Z durchgelesen hätte, aber die Titel auf den Buchrücken, die Überschriften in umherliegenden Zeitungen oder Schilder wie „Bitte Ruhe! Gottesdienst!" lese ich ohne Probleme.
Ein paar Stunden später drehten Drops und ich eine Runde über

das Klostergelände. Eigentlich hätten wir jetzt die Sonne genießen können, aber mein Freund war so aufgeregt und besorgt wegen des Drohbriefes, dass er sich nicht entspannen konnte. Er hatte den Brief selber zwar nicht lesen können, aber gespürt, wie erschrocken Isolde gewesen war. Und als ich ihm dann erklärte, was die Schriftzeichen bedeuteten, war er völlig aufgelöst.

„Aber wer kann den Brief da nur hingelegt haben?", jammerte er. „Meine arme Isolde ist die Nächste!" Drops war so aufgeregt wie nie zuvor. „Warum nur? Wer will ihr etwas antun?"

„Drops, wir müssen jetzt ganz ruhig bleiben und uns auf die Fakten konzentrieren!", rief ich ihn zur Ordnung. „Das muss irgendeine Art von Verwechslung oder Versehen sein", versuchte ich ihn zu beruhigen. „Der Umschlag war unbeschriftet, also hat er vielleicht gar nicht Isolde gegolten."

Drops dachte ausgiebig darüber nach. „Du meinst wie einer dieser Reklamebriefe, die an niemanden adressiert sind, sondern in jeden Briefkasten geworfen werden?"

„Genau!", stimmte ich zu. „Die Leute sollen sich persönlich angesprochen fühlen von diesen Briefen, deshalb ..." Ich setzte mich mitten auf den Weg. Die Parallele war nicht zu übersehen.

Nach dem Mittagessen hing Isolde ein Schild mit der Aufschrift „VORÜBERGEHEND GESCHLOSSEN" an die Tür des Klosterladens und verzog sich zu einer Besprechung mit Abt Ansgar in dessen Arbeitszimmer.

„Wir dürfen sowieso nicht lauschen, Lily, also spielt es keine Rolle", sagte Drops, als ich meinem Ärger über den Baulärm im Treppenhaus Ausdruck verlieh. Der Krach machte es unmöglich, auch nur ein einziges Wort zu verstehen, das hinter der Tür von Abt Ansgars Arbeitszimmer gesprochen wurde.

„Menschen dürfen nicht lauschen. Niemand sagt, dass Tiere nicht lauschen dürfen. Insbesondere Katzen! Wir sind die geborenen

Alleshörer! Die Erfinder dieser Regeln sind Menschen, und die sind so weltfremd, dass sie glauben, wir würden ohnehin kein Wort verstehen!"

Drops jaulte auf wie ein Welpe, aber außer mir hörte ihn niemand.

„Das kann doch aber nicht ... Jemand will meiner Isolde Böses! Lily, ich habe solche Angst um sie! Wenn ihr jemand was antut, werde ich ihn zerfleischen!" Er fletschte sein Gebiss, was zwar sehr drollig, nun aber nicht wirklich furchterregend aussah. Zumindest nicht für mich, doch das sagte ich ihm natürlich nicht. Es war klar, dass er vor Angst und Verwirrung kaum wusste, was er als Nächstes tun sollte. Und nachdem Isolde das Arbeitszimmer wieder verlassen hatte, waren wir leider genauso schlau wie vorher.

Was für ein Tag! Als er zu Ende war, fiel ich so groggy in meinen Korb, dass ich fast augenblicklich einschlief. Es war wohl die Erschöpfung, die mich so tief schlafen ließ, dass ich zunächst gar nichts von dem Feuer mitbekam. Es war in der Kirche ausgebrochen, auf der Empore. Eine Seitenwand der Orgel sowie die Holzverschalung dahinter hatten erst angefangen zu kokeln, dann zu brennen. Flammen loderten hinter den Buntglasfenstern auf, und es war der Geruch nach brennendem Holz, der mich schließlich weckte. Ich sprintete hinüber zur Kirche und sah Bruder Martin und Bruder Bertram, jeder mit einem Feuerlöscher bewaffnet, wie sie die Flammen mit weißem Schaum erstickten. Abt Ansgar erschien als Nächster, dann der Kantor Bruder Bernhard und schließlich auch der Novize Andreas. Der Kantor war außer sich.

„Unsere schöne Orgel!", stöhnte er auf und rang die Hände. „Die Schäden werden beträchtlich sein!", sagte er und rieb sich dabei ununterbrochen nervös das Kinn.

Als die Brüder den Schaum des Löschmittels abwischen wollten, stoppte Abt Ansgar sie mit einer Handbewegung. Er beugte sich vor und inspizierte den Brandherd mit angestrengter Konzentration. Dann griff er nach seinem enormen Schlüsselbund.

„Ich werde den Zugang zur Empore bis auf Weiteres abschließen", entschied er. „Bruder Bernhard, wir haben doch noch irgendwo diese alten Tonbänder … können wir die für die Gottesdienste verwenden, bis die Orgel wieder betriebsbereit ist?"

Bruder Bernhards schmales Gesicht wurde erst blass, dann dunkelrot. „Wir haben CDs", presste er hervor. „Die alten Bänder waren ausgeleiert und wurden vor ungefähr zehn Jahren durch moderne Tonträger ersetzt, Abt Ansgar."

„Gut", nickte der Abt und ignorierte dabei den vorwurfsvollen Unterton. „Niemand betritt die Empore, niemand nähert sich der Orgel, und niemand spricht über den Brand. Bin ich verstanden worden?" Er sah einem nach dem anderen der Brüder eindringlich in die Augen. Alle nickten. „Gut, dann machen wir weiter, als sei nichts geschehen", sagte er abschließend.

Neue Verbündete

Ernst Wittmann kam am Samstagvormittag im Kloster an. Er fuhr ein Wohnmobil, was an sich schon seltsam war und auf dem Besucherparkplatz aufgefallen wäre wie ein rosa Elefant. Deshalb dirigierte Bruder Martin, instruiert von Abt Ansgar, Wittmann auf ein Stück Brachland hinter dem Kloster, das über einen kurzen Waldweg zu erreichen war. Drops und ich dachten anfangs, er wäre nur einer der Gäste. Er wirkte unauffällig, ein freundlicher älterer Herr im Sportsakko mit Nickelbrille und einer ungezähmten weißen Haarpracht.

Isolde räumte im Klosterladen geräuschvoll neue Artikel in die Regale. Bald war Ostern, und sie wollte auf den Ansturm vorbereitet sein. Drops flitzte ganz zwanglos aus der geöffneten Ladentür und auf den vermeintlich gewöhnlichen, älteren Herrn los, und dieser stellte Koffer und Tasche ab, um den Mops zu begrüßen. Drops bekam sich nicht mehr ein. Er rollte sich auf den Rücken und ließ sich genussvoll den Bauch kraulen. „Komm doch her, Lily!", rief er und ließ dann sein berühmtes Moppern hören, jenes knorrig-knuddelig-schräge Geräusch, wie es nur Möpse hinkriegen. Trotz seiner überzeugend zur Schau gestellten Begeisterung dem Neuankömmling gegenüber, hielt ich mich zunächst dezent zurück. Es war einfach nicht meine Art, mich irgendwem anzubiedern, zudem ist es wenig kätzisch. Aber dann blinzelte der Mann mir zu und blickte sofort wieder weg, was bedeutete, er kannte sich mit Katzenetikette aus, und das weckte meine Neugier. Langsam und wie zufällig schlenderte ich auf ihn zu.

Nach einer Weile richtete er sich ächzend auf und griff seinen Gehstock. Mit einem leichten Hinken setzte er seinen Weg fort, was dadurch erschwert wurde, dass Drops ihm permanent vor den Füßen herumwuselte. Zielsicher steuerte er auf das Hauptgebäude zu. Wusste er denn nicht, wo das Gästehaus war? Und da kam auch schon Abt Ansgar aus der Tür und ging auf ihn zu. Die beiden schüttelten sich die Hände und begrüßten sich wie alte Freunde, dann verschwanden sie im Hauptgebäude.

„Oh je", seufzte Drops. „Jetzt sind wir wieder mal von unseren Informationsquellen abgeschnitten."

Natürlich widersprach ich ihm. Auf die eine oder andere Art würden wir alles herausfinden, was wir wissen mussten. Da musste man schon früher aufstehen, um vor mir etwas zu verbergen!

Am späten Samstagnachmittag, als Drops und Isolde längst wieder daheim in ihrem kleinen Haus am Ortsrand von Wiesenthal waren, ging Abt Ansgar mit dem interessanten älteren Herrn zur Klosterkirche. Natürlich folgte ich ihnen unauffällig. Das war nun keine große Kunst, ich war die Klosterkatze, ich gehörte hierher und es war mein naturgegebenes Recht, hier durch den Garten zu stromern! Und so folgte ich den beiden natürlich auch in die Kirche, nachdem Abt Ansgar die Tür aufgeschlossen hatte, hinter der eine Wendeltreppe hinauf zur Empore führte.

„Ich möchte, dass du das einmal inspizierst, Ernst", sagte er gerade. Ganz klar, die beiden kannten sich! Nach der Art ihrer Interaktionen zu schließen sogar schon seit sehr langer Zeit. Interessant. Während der Abt ein paar Schritte zurückblieb, näherte sich der mit Ernst Angesprochene der Orgel. Dabei sah er sich aufmerksam um. Er schien sich jedes Detail einzuprägen. „Die Kerzen", fragte er nach einer Weile, „stehen die immer hier?"

Es handelte sich um zwei dicke weiße Votivkerzen, die auf dem Gehäuseoberteil beiderseits des Notenständers standen.

„Ich denke schon", antwortete Abt Ansgar. „Aber sicherheitshalber sollten wir den Kantor fragen, der weiß es mit Bestimmtheit."

Ernst nahm seine Schultertasche ab und holte eine große Leuchtlupe daraus hervor. Damit inspizierte er die Orgel und die beschädigte Wandverkleidung eingehend.

Ich hatte meinen Posten auf der obersten Treppenstufe bezogen. Von dort aus konnte ich praktisch alles sehen, mich aber jederzeit unauffällig aus dem Staub machen, falls die beiden die Empore verlassen würden.

„Was haben wir denn hier?", murmelte Ernst und holte eine Kamera aus seiner Tasche. Er machte ein paar Aufnahmen und streifte sich dann Plastikhandschuhe über.

„Was denn?", fragte Abt Ansgar und trat einen Schritt auf ihn zu.

„Bist du wirklich absolut sicher, dass du nicht die Polizei einschalten willst?", fragte Ernst. „Das wäre eine Sache für die Brandkommission."

„Brandstiftung?", fragte Abt Ansgar mit gepresster Stimme.

„Da ist noch mehr, oder?", fragte sein Freund eindringlich. „Besser, du weihst mich in alles ein, wenn ich dir helfen soll."

Abt Ansgar atmete tief durch, drehte sich um und ging zum Geländer der Empore. Dort warf er einen Blick hinunter ins Kirchenschiff. „Wir sind alleine, Ernst. Also kann ich dir erzählen, worum es geht …" Und dann erzählte er ihm von den Briefen!

„Du bist Privatdetektiv, Ernst, wir kennen uns seit dem Gymnasium, und ich vertraue dir", sagte er abschließend. Mir wurde ganz seltsam zumute. Ein Privatdetektiv in unserem Kloster! Nicht als Gast oder Pilger – nein, als Ermittler!

Ermittlungen

Der Privatdetektiv Ernst Wittmann bezog eines der Einzelzimmer im Gästehaus. Normalerweise wurden die Gäste gebeten, Mobiltelefone, Tablets, Laptops und anderen Elektronik-Klimbim beim Gastpater abzugeben oder erst gar nicht mitzubringen. In diesem Fall jedoch hatte Abt Ansgar dem Privatdetektiv erlaubt, alles mitzubringen, was er für seine Ermittlungen brauchte.

„Natürlich werde ich so viel wie möglich vom Wohnmobil aus machen", versicherte Wittmann. „Und auf meine Diskretion kannst du dich sowieso hundertprozentig verlassen." Das schien den Abt zu beruhigen. Er gab dem Detektiv die Drohbriefe, die bisher im Kloster gefunden worden waren.

„Ich mache mir Sorgen um Isolde", seufzte Drops am nächsten Vormittag. „Sie isst kaum noch etwas, schläft nicht richtig und fährt bei jedem Geräusch zusammen, als wäre eine Bombe explodiert. Wenn das so weitergeht, wird sie einen Nervenzusammenbruch erleiden!", jammerte er. Anders als bei Isolde hatte die Situation auf seinen Appetit und Hunger jedoch keinen Einfluss. Er war so verfressen wie immer.

„So schnell bricht Isolde nicht zusammen, die ist hart im Nehmen", versuchte ich ihn zu beruhigen. „Außerdem ist gerade Fastenzeit. Wollte sie nicht ohnehin mal wieder ein paar Kilo abnehmen? Dann ist es gar nicht so schlimm, wenn sie mal nicht so viel isst!" Doch insgeheim machte ich mir die gleichen Gedanken, was Abt Ansgar betraf. Er wirkte besorgt und zerfahren. Sein normalerweise herzhafter Appetit hatte nachgelassen, er war nur noch ein Schatten seiner selbst und im Gegensatz zu Isolde und Drops war er sowieso schon beinahe hager.

An den Abenden wich ich nicht von Abt Ansgars Seite. Dabei spürte ich deutlich, dass der arme Abt unter massivem Stress stand. Nicht nur wegen der Drohbriefe, sondern auch, weil in weniger als zwei Wochen Gründonnerstag war und bis dahin die Arbeiten an den elektrischen Anlagen abgeschlossen sein mussten. Das war Teil der Abmachung, die er bei Auftragserteilung mit Henning Luber getroffen hatte. Der wiederum ordnete für seine Männer nun Überstunden an. Das erzeugte zusätzlichen Krach, schien aber die einzige Lösung zu sein. An einem späten Abend in der gleichen Woche, als endlich Ruhe im Kloster eingekehrt war, lag ich zusammengerollt im Besuchersessel von Abt Ansgars Arbeitszimmer. Wir waren allein dort. Er las und machte sich gelegentlich murmelnd Notizen, ich untermalte alles mit leisem, beruhigendem Schnurren. Irgendwann klappte er das Buch zu und streckte sich. „Ist wieder mal spät geworden", sagte er, erhob sich und schaltete die Schreibtischlampe aus. Auf einmal war ich wieder hellwach. Ich hatte ein fremdes Geräusch gehört. Ein leises Knacken, für das unterentwickelte Gehör der Zweibeiner nicht wahrnehmbar, aber für mich ein Alarmsignal, denn nun überschlugen sich die Gedanken in meinem Kopf: Vor ein paar Tagen erst hatte Ernst Wittmann dem Abt erklärt, wie der Anschlag auf die Orgel durchgeführt worden war. Sie waren auf einem der Gartenwege spaziert, begleitet von Drops und mir.

„Es war ein elektronischer Brandsatz", hatte Wittmann gesagt. „Das ist praktisch ein Schaltkreis, der sich zu einer bestimmten Zeit schließt und den Brand durch einen Impuls triggert. Früher hat man dazu Wecker benutzt, aber heute geht alles elektronisch. Ein kleiner Behälter mit brennbarer Flüssigkeit wird durch einen elektrisch erzeugten Funken in Brand gesetzt, was den Behälter zerstört, dann ergießt sich das Benzin oder der Grillanzünder auf die Fläche, die brennen soll, und die Flammen breiten sich aus. Ganz simples Prinzip. Selbst ein technisch begabter Fünftklässler könnte so was bauen."

Abt Ansgar hatte tief geseufzt und gefragt: „Bringt uns das nun wirklich weiter?" Ernst Wittmann hatte mit den Schultern gezuckt. „Es ist zumindest die Bestätigung dafür, dass ihr hier ein ernsthaftes Problem habt. Technisches Versagen ist jedenfalls ausgeschlossen, alter Freund!"

Am darauffolgenden Sonntag um die Mittagszeit herum schlichen Dropsi und ich uns in Abt Ansgars Arbeitszimmer. Ich sprang auf den Schreibtisch und betätigte den Schalter der Lampe. Beim dritten Mal hörte auch Drops das Klicken, was nicht unbedingt etwas über seinen Gehörsinn aussagte, sondern mehr darüber, dass er eben nicht der Schnellste ist.

„Das klingt wie ein Relais", sagte er fachmännisch. „Wenn Isolde den Blinker setzt, klingt das so ähnlich wie das hier. Und dass das Ding Relais heißt, hat der Techniker in der Werkstatt erklärt, als es neulich kaputt war", erklärte Dropsi sogleich, als er meinen zweifelnden Blick sah. Normalerweise wusste er so was natürlich nicht. Doch dieses Mal hatte er offenbar aufgepasst, also wollte ich ihm gern glauben.

„Wie auch immer, die Zweibeiner hören es offenbar nicht", sagte ich. „Wer hat ein Relais in die Lampe eingebaut? Und wozu?"

„Ich hab keine Ahnung!", gestand Dropsi. „Was das Ding im Auto tut, weiß ich nicht!"

„Um es einzubauen, muss man davon Ahnung haben!", überlegte ich laut. „Also braucht derjenige handwerklichen Verstand und Kenntnisse von Telefonen!"

„Vielleicht war es schon immer drin?", spekulierte Dropsi.

„Nein, das muss jemand später eingebaut haben!", widersprach ich.

„Denn sonst wäre mir das Geräusch ja früher schon aufgefallen!"

„Na, vielleicht braucht's so ein Relais, damit das alte Telefon mit den neuen Leitungen, die die Elektriker verlegen, auch noch funktioniert?", spekulierte Dropsi.

Ernst Wittmann hatte seine Untersuchungen des Orgelbrands abgeschlossen und alle wichtigen Gegenstände in seinem Wohnmobil untergebracht. Drops und ich durften einmal mit ihm rein, und wir kamen aus dem Staunen nicht mehr raus. Obwohl es eine Kochnische, ein Klappbett und einen Kleiderschrank gab, war es mehr ein Arbeits- als ein Wohnmobil. Auf einer ganzen Längswand waren elektronische Gerätschaften aufgestapelt und angeschlossen, und hinter einem Vorhang befand sich so etwas wie eine Mischung aus Dunkelkammer und Chemielabor. Drops beschnupperte alles. Klar, das war eine perfekte Tarnung! Unser Detektiv wohnte im Gästehaus des Klosters, aber er hatte einen mobilen Stützpunkt direkt dahinter, der es in sich hatte. Ich war schwer beeindruckt!

Die Holzverkleidung der Orgel sollte nach Abschluss der Ermittlungen von Ernst Wittmann von einer Schreinerfirma aus dem Ort zunächst provisorisch repariert werden, bis entschieden war, ob und wann ein neues Furnier aufgezogen werden konnte. Technische Schäden hatte es zum Glück entgegen der ersten Befürchtungen in der Brandnacht nicht gegeben. Die Orgel war spielbar und klang so gut wie immer. Das beruhigte zumindest den Kantor und damit auch den Abt, denn so schienen die Osterfeierlichkeiten nicht gefährdet zu sein. Bevor die Reparaturen begannen, begab sich jedoch der Kantor mit Andreas im Schlepptau auf die Empore. Als sie ungefähr eine Viertelstunde später wieder herunterkamen, waren beide mit Notenbüchern beladen. Andreas stolperte einmal kurz, fing sich wieder, errötete und sah sich ängstlich um. Der Kantor ignorierte seine Ungeschicklichkeit und schritt unbeirrt weiter. Weder er noch der ungeschickte Novize sahen Ernst Wittmann, der ihnen gefolgt war und nun ganz hinten im Kirchenschiff auf einer Bank saß. Dort war es recht dunkel, so dass er kaum zu erkennen war. Nachdem die beiden verschwunden waren, stieg er die Treppen zur Empore hinauf und inspizierte alles noch einmal akribisch. „Etwas fehlt hier", hörte ich ihn murmeln, denn ich, ich war natürlich auch da! Plötzlich keimte in mir ein schrecklicher Verdacht auf!

Verdächtige

„Glaubst du wirklich, dass es Andreas war?" Drops rollte theatralisch seine schwarzen Knopfaugen. „Warum sollte er so etwas denn tun? Die Orgel anzünden ..."

„Das habe ich nicht gesagt. Was ich glaube, ist nicht entscheidend. Ich sage dir lediglich, was ich gesehen und gehört habe!", stellte ich klar.

„Hm, gut!", brummte Dropsi und warf mir einen verzweifelten Blick zu. „Ich hab's nicht verstanden!", jaulte er dann.

Ich holte tief Luft, dann erzählte ich ihm noch einmal, wie Privatdetektiv Wittmann nach dem Kantor und Andreas die Orgelempore inspiziert und dabei festgestellt hatte, dass die beiden Votivkerzen fehlten.

„Die kann aber doch jeder genommen haben, seit die Empore wieder frei ist!", erwiderte Drops treuherzig. „Das muss nicht der Andreas gewesen sein!"

„Theoretisch schon, aber die Frage ist doch, wer hätte ein Interesse daran? Sie waren schon recht weit runtergebrannt, und durch das Feuer sind sie auch nicht gerade schöner geworden."

„Aber wieso sollte Andreas sie genommen haben?"

„Vielleicht glaubt er, er hätte nach der letzten Chorprobe vergessen, sie zu löschen! Er denkt, sie wären heruntergebrannt und hätten den Brand verursacht. Deshalb hat er sie mitgenommen, bevor
jemand auf die Idee kommen kann, dass es seine Schuld war!"

Ernst Wittmann werkelte in seinem Wohnmobil herum. Und das
schon seit einer geraumen Weile! Zwei der Fenster waren offen,
was mir von einer Baumkrone aus einen guten Einblick verschaffte
in das, was er tat. Mit Gummihandschuhen nahm er einen der
Drohbriefe sowie den dazugehörigen Umschlag aus einem durch-
sichtigen, wiederverschließbaren Plastikbeutel. Er legte beides in
eine Plastikbox, stellte ein Glas Wasser dazu und zog sich eine
Atemschutzmaske über das Gesicht. Dann strich er mit einem
Pappstreifen Sekundenkleber auf ein Stück Aluminiumfolie, legte
dieses ebenfalls in die Box und schloss den Deckel. Faszinierend!
Ich war gespannt wie eine Mausefalle und konnte meinen Blick
nicht abwenden. Nach ungefähr einer Viertelstunde holte er Papier
und Umschlag aus der Box und inspizierte beides mit seiner Leuchtlupe. Dann wiederholte er das ganze Procedere mit dem nächsten
Brief. Was genau er da sah, wusste ich leider nicht. Zudem begann
mein Magen zu knurren. Ich war hin- und hergerissen. Einerseits
hatte ich Hunger, andererseits war ich auch sehr neugierig und
konnte mir keinen rechten Reim darauf machen, was er da trieb!
Drops half mir weiter. „Fingerabdrücke!", stellte er fachmännisch
fest. „Er hat das Papier auf Fingerabdrücke untersucht! So machen
sie es auch immer bei CSI im Fernsehen, Isolde liebt die Serie."
„Ach so. Wir haben kein TV im Kloster", brummelte ich leicht ver-
ärgert über meine Bildungslücke.

Spät am Abend saßen Abt Ansgar und Ernst Wittmann im Arbeitszimmer des Abts.
„Das mit Fingerabdrücken ist immer so eine Sache", erklärte der

Privatdetektiv. „Meistens sind sie verschmiert oder unvollständig."
Er schob dem Abt ein paar Polaroidaufnahmen über den Schreibtisch. Da klickte es wieder in der Schreibtischlampe. Wieder war
ich die Einzige, die es hörte, und auch das nur, weil in dem Moment keiner der beiden sprach. Es war aber auch wirklich ein ver-
dammt leises Geräusch! Ich setzte mich auf und spitzte die Ohren.
„Eigentlich sind Fingerabdrücke in diesem Fall nur dann sinnvoll,
wenn wir einen Verdächtigen hätten, den wir damit überführen
könnten." Ernst Wittmann lehnte sich in seinem Stuhl zurück und
fuhr fort: „Mach dir bitte folgendes klar, Ansgar: Wir haben eine
unüberschaubare Menge von potentiellen Tätern! Es sind ja nicht
nur die Mönche, die hier leben und sicher als Täter eigentlich gar
nicht infrage kommen, sondern da sind auch noch die Gäste, die
Dorfbewohner, die Touristen und Besucher ... und momentan die
ganzen Handwerker. Wie soll man da einen Verdächtigen erkennen? Ich bin nicht einmal sicher, ob die Briefe und der Brandsatz
von ein und derselben Person stammen."
„Die Handwerker sind Mittwochabend fertig", sagte Abt Ansgar.
„Am Gründonnerstag ganz früh kommen die Elektriker und holen
ihr Werkzeug ab, dann ist Ruhe und ..."
Das war mein Stichwort. Elektriker. Elektrik. Wie hatte Dropsi gesagt? Was immer mit der Lampe nicht stimmte, klang wie ein Relais. Ich spannte meine Muskeln an und schnellte auf den Schreibtisch. Das polierte Mahagoni der Tischplatte verschaffte mir eine
tolle Rutschpartie, an deren Ende ich den Lampenfuß mit beiden
Vorderpfoten zu fassen bekam und das Teil vom Tisch schubste. Es
knallte auf den Boden, leuchtete aber unbeirrt weiter. Keine Scherben, was wahrscheinlich mein Glück war, denn zunächst reagierte
Abt Ansgar so erbost, wie ich es erwartet hatte.
„Das geht aber entschieden zu weit, Lily!", schimpfte er. „Wenn
du dich weiterhin in meinem Arbeitszimmer willkommen fühlen
willst, wirst du dich ordentlich benehmen müssen!"

Ernst Wittmann sah aufmerksam zu Boden. „Was haben wir denn da?", fragte er und bückte sich nach der Lampe. Er war so ein grandioser Beobachter, und dafür respektierte ich ihn umso mehr! Er zog ein Papiertaschentuch hervor und fasste damit die Lampe an. Dann inspizierte er sie. Auf dem Boden des Lampenfußes klebte ein Streifen Isolierband. Vorsichtig zog der Detektiv ihn mithilfe seines Taschenmessers ab. Dann zog er ein kleines schwarzes Teil aus der Lampe.

„Eine Wanze", stellte er fest. „Dein Arbeitszimmer wird abgehört!" Nachdem er das Teil deaktiviert hatte, erklärte er dem Abt, dass nach dem heutigen Stand der Technik so ein winziges Ding genügte, um jemanden abzuhören.

„Die Wanze wird durch eine Abzweigung der Spannung, die die Lampe betreibt, mit Strom versorgt. Aber aktiviert wird sie durch Stimmen im Raum. Die Dinger haben eine Reichweite von bis zu acht Metern. Wird gesprochen, sendet die Wanze ein Signal an ein Mobiltelefon. Jetzt kann derjenige, der sie installiert hat, das Gespräch mithören. Oder es auf seine Mailbox aufnehmen und später anhören."

Abt Ansgar wurde von Sekunde zu Sekunde blasser. „Aber wer würde so etwas tun?", fragte er entsetzt. „Hier wird doch nichts besprochen, was einen Fremden interessieren könnte!"

„Hoffentlich hast du eine Ersatzlampe", meinte Ernst Wittmann trocken. „Und sei nicht böse auf Lily. Ich denke, sie hat uns einen Gefallen getan. Ohne sie hätten wir die Wanze nicht in hundert Jahren gefunden!"

Abt Ansgar nickte immer noch ganz blass und sah dabei irgendwie durch mich durch. Ich maunzte ihm tröstend zu. Der Schock stand ihm deutlich ins Gesicht geschrieben.

Osterstimmung

Der Gründonnerstag läutete die heiligen drei Tage ein, und naturgemäß stieg so kurz vor Ostern die Spannung im Kloster. Dropsi blickte regelrecht zu mir auf, nachdem ich ihm die Sache mit der Lampe erzählt hatte.

„Das war ganz schön riskant, Lily", japste er aufgeregt. „Du bist so mutig!"

„Na ja, eigentlich nicht!", wiegelte ich nonchalant ab. „Ich habe mich fest auf unseren Freund Ernst Wittmann verlassen, und das hat funktioniert. Für einen Zweibeiner hat er eine bemerkenswerte Beobachtungsgabe. Ihm ist gleich aufgefallen, dass ich einem Verdacht auf der Spur war!"

„Klar", sagte Drops. „Er weiß, dass wir nicht dumm sind, sondern eine Menge mitbekommen, was Zweibeiner übersehen oder wegen ihrer schwach ausgeprägten Sinne gar nicht erst bemerken."

„Wow, Dropsi-Mopsi, ich glaube, das war bei Weitem der längste Satz, den du je gesprochen hast! Und er trieft geradezu vor Weisheit!"

„Trieft?", fragte Drops irritiert.

„Nimm es nicht so wörtlich!", fuhr ich ihn an. „Das ist eine Redewendung. Und zudem war es ein Kompliment!" Nicht einmal das konnte er mit seinem Mopsverstand fassen!

An Karfreitag fasteten alle außer mir. Ich bekam zum Glück mein übliches Futter in den gewohnten Portionsgrößen. Um drei Uhr nachmittags fand wie jedes Jahr der Karfreitagsgottesdienst statt. Das Wetter steigerte die niedergeschlagene Stimmung noch: Ein eisiger Wind fegte um die Ecken, und es regnete den ganzen Tag. Der Klosterladen blieb wegen des Feiertags ohnehin geschlossen, und gleich nach dem Gottesdienst fuhren Drops und Isolde heim. Das Kloster lag wie ausgestorben da, die Ruhe war geradezu bedrückend, denn nach der Spätmesse zogen sich alle zurück, die Mönche ins Dormitorium und die Gäste ins Gästehaus. Später hörte es auf zu regnen, und der Wind legte sich auch. Ich entschloss mich zu einem mitternächtlichen Rundgang über das Gelände.

Alles war ruhig, wie ich erleichtert feststellte – bis auf ein Geräusch gleich hinter der Klostermauer. Es hörte sich an, als würde jemand über den Kiesweg gehen, der vom Dorf zum Portal des Klosters und von dort in zwei Halbkreisen um das Gelände herumführte; lediglich auf der Rückseite wurden die beiden Wege durch eine Zufahrt für Lieferanten und den Gästeparkplatz unterbrochen. Ich sprang auf die Mauer und sah mich um. Der Mond war hinter den Wolken verschwunden, doch ich konnte trotzdem alles recht gut erkennen. Zuerst sah ich zwei Katzenaugen aufblitzen. Nein, nicht die von einer wirklichen Katze, sondern die Reflektoren, die an Fahrrädern angebracht sind. Und dann erkannte ich eine dunkel gekleidete Gestalt, die das Fahrrad neben sich herschob. Im ersten Moment dachte ich, es müsste sich um einen Mönch handeln, denn das Gesicht des Mannes war durch eine Kapuze überschattet. Doch dann sah ich im Dunkeln die rote Glut einer Zigarette aufleuchten. Von den Mönchen rauchte keiner. Der Mann blieb stehen und sah sich um, dann ging er vorsichtig auf die Pforte zu. Dort stellte er sein Fahrrad ab und begann im Korb auf dem Gepäckträger herumzukramen. Etwas Weißes blitzte auf, und dann fiel etwas auf den Weg. Geräuschlos öffnete er die Klappe des großen alten Holzbriefkastens und warf den Brief ein. Dann drehte er sich um und ging langsam zurück. Viel zu langsam für meinen Geschmack, denn ich konnte meine Neugier kaum zügeln. Es war nicht zu fassen! Erst als er schon fast nicht mehr zu sehen war, bestieg er sein Fahrrad und fuhr los. Da gab es für mich kein Halten mehr – ich sprang von der Mauer und stürzte mich auf den Gegenstand, der aus dem Korb gefallen war. Es war eine Zigarettenschachtel. Das musste ich Ernst Wittmann zeigen! Wenn ich doch nur sprechen könnte, um ihm alles zu erzählen, was ich beobachtet hatte! Stattdessen stupste ich das Teil mit der

Pfote an. Es war schwerer als erwartet, und etwas rollte in seinem Inneren herum. Ich musste es in Sicherheit bringen, das stand fest. Allerdings ohne die Spuren zu verwischen.

Natürlich erzählte ich brühwarm Drops davon, als dieser am nächsten Morgen mit Isolde im Kloster ankam. Ich zeigte ihm den Schauplatz des Geschehens, und was tat er? Setzte sich direkt neben das Fundstück und wich nicht von der Stelle. Ich konnte nur hoffen, dass Ernst Wittmann auftauchen würde, bevor Dropsis rundliches Hinterteil am Boden festwuchs. Dann erschien wie jeden Tag Bruder Matthias am Portal, um den Außenbriefkasten zu leeren. Und mitten in dem ganzen Postberg lag natürlich der Brief, den der nächtliche Besucher eingeworfen hatte. Der alte Mönch klemmte sich unbesehen alles unter den Arm und lief zurück zum Hauptgebäude.

Wir blieben neben der Zigarettenschachtel sitzen, bis Ernst Wittmann auf der Bildfläche erschien. Wie auf Kommando veranstaltete Dropsi nun ein riesiges Theater, um unseren Privatdetektiv auf das Teil aufmerksam zu machen, ohne es jedoch zu berühren. Es klappte prompt, natürlich, schließlich hatte ich mir den Plan ja auch ausgedacht!

„Was habt ihr denn da gefunden?", fragte Wittmann und bückte sich. Dabei sah er Dropsi aufmerksam an. „Du bist ja ganz aufgeregt." Er inspizierte die Zigarettenschachtel, die mittlerweile vom Morgentau etwas aufgequollen war, ließ sie aber an Ort und Stelle. Dann zog eine kleine Digitalkamera aus einer der ausgebeulten Taschen seines Sportsakkos und machte Aufnahmen aus verschiedenen Winkeln. Er steckte die Kamera wieder ein und kramte eine dieser verschließbaren Plastiktüten hervor und verstaute die Schachtel darin, ohne sie mit den Fingern zu berühren. Die Zigarettenschachtel enthielt neben ein paar Zigaretten ein grünes Plastikfeuerzeug. Klar, das war der Gegenstand, der im Inneren der

Schachtel herumgerollt war! „Interessant", sagte Wittmann, als er den Aufdruck las.

Ächzend richtete er sich wieder auf und verstaute die Plastiktüte in seiner Jackentasche. Er machte ein paar Schritte auf sein Wohnmobil zu, als Abt Ansgar durch das Portal geschritten kam und sich uns näherte. An seinen angespannten Gesichtszügen erkannte ich sofort, dass wieder etwas geschehen war.

„Ernst", sagte der Abt leise. „Es ist wieder ein Brief angekommen. Diesmal an den Cellerar gerichtet."

Feuer zur Nacht

In der Nacht von Ostermontag zu Dienstag brannte es erneut. Diesmal in der Bibliothek. Andreas, der Novize, entdeckte das Feuer. Wie er später sagte, hatte er furchtbare Kopfschmerzen, die ihn nicht schlafen ließen und die ihn vor die Tür an die frische Luft trieben. Er verließ also sein Zimmer am Ende des Dormitoriums und kurz darauf das Hauptgebäude. Als er sich der Rückseite näherte, sah er die Flammen in den Fenstern der im Erdgeschoss gelegenen Bibliothek. Er rannte zurück ins Gebäude, doch er konnte das einzige Telefon, nämlich das in der Portiersloge, nicht erreichen, um die Feuerwehr zu rufen. Die Loge war abgeschlossen. Also tat er das Nächstbeste, was ihm einfiel, er stürzte zum Refektorium, wo ein riesiger Messinggong hing, den ein Missionsbenediktiner vor vielen Jahren aus Asien mitgebracht hatte. Andreas schlug den Gong lang und anhaltend, bis Lichter angingen und Mönche aus ihren Zellen kamen. Dann rief er aus Leibeskräften: „Es brennt in der Bibliothek! Feuer! Es brennt!"

Ich wachte auf, als der Gong zu dröhnen begann, und sprintete sofort los. Schon als ich auf den Hauptweg einbog, roch ich den Rauch. Dann kamen die Mönche, die meisten von ihnen im Nachtgewand, mit Feuerlöschern und Decken angerannt. Irgendwie schafften sie es, den Brand zu löschen. Ernst Wittmann stand etwas abseits und beobachtete das Geschehen. Er und Abt Ansgar tauschten ein paar kurze Blicke, und der Abt formte lautlos das Wort „Feuerwehr" mit den Lippen. Wittmann schüttelte entschieden den Kopf und zeigte stattdessen nach oben zum Fenster von Abt Ansgars Arbeitszimmer.

Stunden später, als die meisten Brüder sich wieder schlafen gelegt hatten, gingen Wittmann und der Abt in die Bibliothek. Der Detektiv hatte seinen großen Koffer dabei. Mit einer starken Taschenlampe sah er sich um.

„Es ist nur ein Regal betroffen", erklärte er. „Hoffentlich enthielt es keine sehr wertvollen Bücher!"

Abt Ansgar ließ den Blick über den Schaden streifen und zuckte resigniert mit den Schultern. „Das wird eine Inventur ergeben müssen, so ganz genau weiß ich gar nicht, was hier gewöhnlich lagert", gab er zu.

Wittmann schaute sich weiter um. „Molotow-Cocktails einfachster Bauart, drei leere Weinflaschen, gefüllt mit Benzin und verbunden durch Stoffstreifen. Dann der Zünder, der zu einer vorher eingestellten Zeit einen der vollgesogenen Streifen in Brand setzt. Dieser erreichte die erste Flasche, die oben mit Klebeband gesichert war, damit sie explodiert und ihr Inhalt sich so weit wie möglich über die Fläche ergießt …

Er holte seine Kamera heraus und machte eine Serie von Fotos.

„Diesmal ist es haarig, denn die Bibliothek liegt in einem Gebäude, in dem ihr alle wohnt und schlaft. In der Kirche war es noch einfache Brandstiftung, aber das hier könnte auf versuchten Mord hinauslaufen", sagte Wittmann eindringlich. „Ich rate dir dringend, die Polizei einzuschalten, Ansgar. Es ist wirklich riskant, weiter zu warten."

Abt Ansgar rieb sich das Kinn. „Noch ein paar Tage, Ernst", sagte er. „Höchstens eine Woche, dann werde ich die Polizei einschalten. Aber bis dahin ...“

„Es ist deine Entscheidung. Du bist der Abt. Aber ich habe dich gewarnt. Wenn der Junge nicht rechtzeitig Alarm ausgelöst hätte, Ansgar, es hätte auch jemand verletzt werden können. Mit einer Rauchgasvergiftung ist nicht zu spaßen!“

Abt Ansgar brummte etwas vor sich hin, dann nickte er. „Ich weiß deine Besorgnis zu schätzen, alter Freund!“, sagte er.

Die beiden hatten sehr leise gesprochen, aber natürlich hatte ich jede Silbe verstanden. Dann gab es ein leises Geräusch, so als sei jemand auf einen dünnen Ast getreten. An der Ecke des Gebäudes stand ein zweiter Lauscher. Er hatte sich mit dem Rücken an die Wand gepresst und verströmte den Geruch von Angstschweiß. Was hatte Andreas hier verloren? Warum belauschte er das Gespräch zwischen dem Abt und dem Privatdetektiv?

„Wir haben noch eine Woche, dann wird der Abt die Polizei einschalten“, setzte ich Drops am anderen Morgen ins Bild. Und dann schilderte ich ihm wortreich die spannenden Ereignisse der vergangenen Nacht.

„Andreas hat ein Fahrrad, Lily“, sagte Drops nach ausgiebigem Nachdenken.

„Stimmt! Aber er raucht nicht. Keiner der Mönche tut das“, erwiderte ich.

„Aber was, wenn er heimlich raucht? Andreas könnte der nächtliche Briefzusteller gewesen sein. Wenn es sowieso zu seinen Gewohnheiten gehört, anstatt zu schlafen draußen rumzulaufen ...“

Darauf fiel mir keine Erwiderung ein. War Andreas der Täter? Aber warum? Was hatte er davon? Er hatte den Brand entdeckt. Macht ihn das verdächtig oder gerade nicht? Ich war hin- und hergerissen.

Später am Abend saßen sie zu dritt in Abt Ansgars Arbeitszimmer: Bruder Bertram, Ernst Wittmann und der Abt. Letzterer hatte den Cellerar in die Gründe für Wittmanns Anwesenheit eingeweiht.

„Würden Sie mir bitte den Brief zeigen, den Sie erhalten haben?", fragte Wittmann und zog sich ein Paar Gummihandschuhe über.

„Natürlich." Bruder Bertram, der Cellerar, kramte ihn aus einer Tasche seines Habits hervor. Dabei berührte er ihn nur ganz vorsichtig mit den Fingerspitzen an den Kanten. Mit einem Ausdruck regelrechter Erleichterung gab er Ernst Wittmann den Brief. Dieser fing sofort an, ihn mit seiner Leuchtlupe zu inspizieren.

AN DEN CELLERAR stand in großen Druckbuchstaben auf dem Umschlag.

„Wie ich befürchtet hatte", murmelte Wittmann. „Manchmal sehnt man sich nach der Schreibmaschinen-Ära zurück. Jeder dieser alten Klapperkästen war individuell und konnte ohne Zweifel identifiziert werden. Aber die heutigen Ausdrucke der Laserdrucker sind nicht mehr ohne aufwendigste Detailuntersuchungen voneinander zu unterscheiden." Er seufzte, nahm den Brief aus dem Umschlag, faltete ihn auseinander und untersuchte ihn sorgfältig mit seiner Lupe, nachdem er einen Blick auf den Text geworfen hatte. DEINE VERGANGENHEIT WIRD DICH EINHOLEN stand da.

Mir fiel auf, dass Bruder Bertram nervös wirkte.

„Gibt es etwas in Ihrer Vergangenheit, worauf sich diese Worte beziehen könnten?", fragte Wittmann.

„Stopp!" Abt Ansgar hob eine Hand. „Das ist nicht der Punkt. In keinem einzigen dieser Briefe stand irgendetwas Konkretes. Nur ganz allgemeine Formulierungen, die auf jeden zutreffen können, denn wer hat nicht irgendwann einmal eine Jugendsünde begangen, die er am liebsten ungeschehen machen würde?"

„Das stimmt natürlich", sagte der Detektiv.

„Wenn es etwas gibt, was dich belastet, Bruder Bertram", wandte Abt Ansgar sich an den Cellerar, „dann ist das eine Angelegenheit für den Beichtstuhl, aber sicher nicht für die Strafverfolgung, wenn es sich nicht gerade um ein Verbrechen handelt."

„Himmel, nein!", rief der Cellerar. „Weit entfernt. Es war kurz vor dem Abitur. Ich habe beobachtet, wie jemand Geld aus der Kassenklasse genommen hat. Ich habe es nicht angezeigt!"

„Du wolltest also einen Klassenkameraden schützen?", fragte Abt Ansgar verständnisvoll.

„Es war kein Klassenkamerad, sondern einer der Studienreferendare", sagte der Cellerar.

„Und? Was dann?", fragte Ernst Wittmann.

„Er wusste, dass ich ihn beobachtet hatte, wenn auch nur durch Zufall. Zuerst kämpfte ich mit mir, weil ich dachte, ich müsste die Sache unserem Klassenlehrer mitteilen. Der Gerechtigkeit wegen und so weiter. Aber dann bemerkte ich, wie der Referendar jedes Mal förmlich Blut und Wasser zu schwitzen schien, wenn wir uns auch nur auf dem Flur begegneten. Er hatte Angst, ich würde ihn verraten, so viel war klar. Aber mir ging auf, dass die Ungewissheit, in der er schwebte, noch viel schlimmer sein musste. Ich meine, er wusste ja nicht, was ich tun würde ... und gegebenenfalls wann. Bis zum Ende des Schuljahres waren es noch mehr als zwei Monate, und ich mag mir gar nicht vorstellen, was für Ängste er ausgestanden haben muss. Heute würde ich das nicht mehr tun."

Ernst Wittmann fuhr sich mit den Fingern durch seine ohnehin zerraufte Haarpracht. „Sie haben sich nicht schuldig gemacht und, so weit ich sehe, gibt es nichts, was man Ihnen vorwerfen könnte."

„Oh doch!", warf der Cellerar ein. „Ich hätte ihm einfach unter vier Augen sagen sollen, dass ich schweigen werde, sofern er das Geld wieder zurücklegt. Auf diese Weise hätten seine Qualen vermieden werden können!"

„Du warst jung und unerfahren, Bruder", gab Abt Ansgar zu bedenken.

Ernst Wittmann erhob sich. „Ich glaube nicht, dass der anonyme

Briefschreiber irgendetwas über irgendjemand wirklich weiß", sagte er. „Meiner Meinung nach versucht er nur, Angst und Schrecken zu verbreiten. Eine Art Sadismus könnte sein Motiv sein."

„Aber wie passt die Wanze in meiner Schreibtischlampe dazu? Und die Brandsätze?", fragte Abt Ansgar.

„Dein Arbeitszimmer ist der Raum, in dem alle wichtigen Vorkommnisse besprochen werden, Ansgar", sagte Wittmann. „So etwas wie das Chefzimmer, und um das zu begreifen, muss man keine Ahnung vom Klosterleben haben. Also konnte er hier mithören, welche Wirkung die Briefe bei den Empfängern auslösten. Die Brandsätze folgen dem gleichen Schema. Sie sollen euch in Angst und Schrecken versetzen. Aber in beiden Fällen hat er Zeitpunkt und Ort immer so gewählt, dass mit großer Wahrscheinlichkeit nur Sachschaden entstehen würde. Niemand schläft auf der Orgelempore oder in der Bibliothek!"

Bruder Bertram und Abt Ansgar nickten. Und ich verstand die Menschen weniger als je zuvor. Wie konnte es jemandem Spaß machen, Angst und Schrecken zu verbreiten?

Verdachtsmomente

Nachdem der Cellerar das Arbeitszimmer von Abt Ansgar verlassen hatte, fragte Ernst Wittmann: „Sag mal, Ansgar, dürfen Mönche eigentlich rauchen?"

„Es gibt keine Klosterregel des heiligen Benedikt, die das Rauchen ausdrücklich verbietet", antwortete der Abt schmunzelnd. „Allerdings umfasst der Grundsatz des dritten benediktinischen Gelübdes, also des klösterlichen Lebenswandels, die Besitzlosigkeit. Wollte ein Mönch rauchen, müsste er den Abt um Zigaretten oder Geld dafür bitten."

„Ach, so funktioniert das", sagte Wittmann und nickte bedächtig.

„Ja", erklärte Abt Ansgar weiter. „Wobei Bitten nicht Betteln heißt. Das darf man nicht verwechseln! Keiner der Brüder muss um irgendetwas betteln, jeder bekommt das, was er braucht, so sind die Regeln. Braucht einer der Mönche eine neue Brille oder andere persönliche Dinge, dann teilt er es mir oder dem Cellerar einfach nur mit und das Kloster bezahlt die Rechnung ohne viel Tamtam."

„Okay, verstanden. Und wie sieht es mit Werkzeugen aus?", fragte Wittmann weiter.

„Die sind auch kein Privatbesitz, sondern alle Werkzeuge und so weiter gehören natürlich dem Kloster. Aber jeder, der sie benötigt, eben zum Beispiel einen Hammer oder eine Bratpfanne oder sonst was, benutzt sie natürlich mit. Und das darf er selbstverständlich auch tun. Sonst noch Fragen?" Abt Ansgar schien Wittmanns Neugier erheiternd zu finden.

„Vorläufig habe ich keine weiteren Fragen", sagte Wittmann und nickte versonnen. Er sah aus, als wäre ihm gerade mehr als ein Licht aufgegangen.

„Das Fahrrad gehört nicht Andreas", erklärte ich Drops am nächsten Morgen. „Es gehört dem Orden. Das habe ich gestern Abend von Abt Ansgar gelernt."

„Na ja, es gibt gefühlt ungefähr eine Million Fahrräder in Wiesenthal, und es war dunkel, als du den Radfahrer beobachtet hast", sagte Drops.

„Die herbe Wahrheit, mein lieber Watson", sagte ich, „ist, dass ich unseren dubiosen Briefträger mit eigenen Augen gesehen habe – und wir trotzdem nicht einen einzigen Schritt weiter sind. Ich habe ihn schlichtweg nicht erkannt. Traurig, aber wahr!"

„Ich weiß, Lily", antwortete Drops und ließ den Kopf hängen. „Und ich hasse es, wenn es nichts gibt, was wir tun können."

Wir grübelten immer noch, als ich die Fremden bemerkte: drei Männer mittleren Alters und zwei Frauen. Sie liefen schwatzend nebeneinander her und störten somit meine geistige Ruhe beträchtlich.

„Gäste?", maunzte ich überrascht. Auch Dropsi spitzte seine Ohren und legte aufmerksam den Kopf schräg. Nun begannen einige von ihnen, Fotos zu schießen, während ein untersetzter Herr im Anzug erst stehen blieb, dann kehrtmachte und Richtung Bibliothek ging. Dropsi warf mir einen eindeutigen Blick zu.

„Hinterher!", maunzte ich.

„Der führt was im Schilde!", knurrte Dropsi. Nachdem der Mann sich eine Weile unschlüssig umgesehen hatte, näherte er sich zwei Elektrikern, die gerade eine Raucherpause einlegten. Sie standen schweigend nebeneinander, der Wuschelkopf und der Meister. Als der Fremde bei ihnen angekommen war, sprach er sie an und bat darum, einen Blick in die Bibliothek werfen zu dürfen. Während der junge Wuschelkopf nahezu teilnahmslos weiterrauchte, ließ sich der Meister erweichen und ließ ihn in die Bibliothek. „Aber nur kurz gucken!", sagte er. Während ich mich noch mit durch den Türschlitz schlängelte, war Dropsi nicht so schnell und musste somit draußen bleiben.

„Hier soll es gebrannt haben, hab ich gehört!", sagte der Fremde. Der Meister zuckte nur die Schultern. Offenbar war es ihm auch nicht ganz geheuer, dass der Fremde so neugierig war. Dieser lief durch die Bibliothek und schaute neugierig in alle Ecken. Er fragte den Meister geradezu ein Loch in den Bauch: Wie lange sie schon mit den Renovierungsarbeiten beschäftigt waren, wann sie abgeschlossen sein würden, wie viele Meter Kabel sie dafür verlegten, wie viele Stunden es dauerte, Relais, Stecker und Widerstände zu tauschen. Der Meister war etwas maulfaul und erklärte nur widerwillig. Der Fremde machte sich eifrig Notizen. Nach einer gefühlten Ewigkeit schaute der Fremde auf die Uhr und hatte es plötzlich ganz eilig.

„Sehr verdächtig!", stimmte mir Dropsi zu, dem ich unverzüglich davon berichtete. „Der führt doch was im Schilde!"

Privatdetektiv Ernst Wittmann hatte Elektromeister Luber aufgesucht und ihn wegen der Feuerzeuge mit seinem Firmenaufdruck befragt. Das, was er von ihm zu hören bekam, hatte er dann brühwarm unserem Abt erzählt, zum Glück, sonst hätten wir nie erfahren, dass der Luber die Teile vor vier Jahren als Werbegeschenke für seine Kunden hatte anfertigen lassen. Sechstausend Stück waren damals bedruckt worden. Ich hatte es kurz überschlagen, statistisch gesehen kamen also etwas mehr als elf Feuerzeuge auf jeden erwachsenen Einwohner von Wiesenthal.

Kaum war der Privatdetektiv weg, sprach Andreas den Abt an. „Abt Ansgar", stammelte er, „ich möchte das Kloster verlassen. Noch heute. Ich bitte um Ihre Erlaubnis."

Der Novize wirkte wie das sprichwörtliche Häufchen Elend, als er seinen Wunsch vortrug.

Abt Ansgar brauchte etwas, um seine Fassung wiederzuerlangen. „Du weißt, dass ich dich nicht aufhalten kann", sagte er dann betont langsam und ruhig. „Während des Noviziats steht es dir frei, das Kloster jederzeit zu verlassen. Wenn es dein ausdrücklicher Wunsch ist, dann wird dir niemand Steine in den Weg legen. Es kommt nur so überraschend, und ich wüsste gern, was dich dazu veranlasst hat."

„Ich kann nicht darüber sprechen", sagte Andreas kaum hörbar.

„Lass uns ein paar Schritte gehen", schlug der Abt vor und ging voran in Richtung Kreuzgang. Andreas zögerte zunächst, folgte dann aber nach.

„Andreas, warum hast du die beiden Kerzen von der Orgel weggenommen?", fragte Abt Ansgar rundheraus. Der Novize errötete bis unter die Haarspitzen und begann herumzustottern.

„Gut, ich will dich nicht quälen", sagte der Abt nach ein paar Minuten. „Jemand hat beobachtet, dass du die Kerzen entfernt hast, und ich möchte einfach nur wissen, warum. Niemand beschuldigt dich, irgendetwas verbrochen zu haben. Du wirst in keiner Weise verdächtigt. Ich möchte es nur wissen."

Der Novize, dessen Gesichtsfarbe mittlerweile von dunkelrot zu kalkweiß gewechselt hatte, wischte sich mit dem Handrücken dicke Schweißperlen von der Stirn.

„Ich hatte auf einmal Angst bekommen, dass ich vergessen haben könnte, sie zu löschen. Nach der vorhergegangenen Spätmesse. Es gehört doch zu meinen Aufgaben! Zuerst war ich mir sicher, dass ich sie gelöscht hatte wie immer, aber dann … dann kamen mir plötzlich Zweifel. Ich konnte mich nicht mehr genau erinnern, und je länger ich darüber nachdachte, desto unsicherer wurde ich. Und da bekam ich Angst, dass die Kerzen den Brand ausgelöst haben könnten!"

Natürlich! Andreas wusste ja nichts von dem Brandsatz, also hatte er die fixe Idee entwickelt, eine seiner Unachtsamkeiten hätte den Brand ausgelöst. Abt Ansgar musste den gleichen Gedanken gehabt haben, er legte ihm jedenfalls die Hand auf die Schulter.

„Was, wenn ich dir versichern könnte, dass der Brand nichts mit den Kerzen zu tun hatte?", fragte Abt Ansgar nach längerem Schweigen. „Würde dich das beruhigen? Und würdest du deinen Entschluss dann noch einmal überdenken?"

„Nichts damit zu tun hatte? Aber … oh ja, das würde ich natürlich! Alles überdenken, meine ich!" Ein hoffnungsvolles Lächeln ließ das Gesicht des Novizen erstrahlen.

„Und mach dir keine Sorgen – das Gespräch bleibt unter uns", sagte Abt Ansgar.

„Ach, und wir zählen wohl nicht?", brummelte Drops neben mir beleidigt.

„Doch, Dropsi", beruhigte ich ihn. „Und ob wir zählen! Wir können nur nichts weitererzählen, das ist der Unterschied."

„Ja. Gut. Ich bin jedenfalls froh, dass Andreas nicht mehr zu den Verdächtigen gehört", bemerkte Drops, der unseren Novizen in sein großes Mopsherz geschlossen hatte.

Ich legte mich mitten auf den Weg und rollte mich einmal um

meine Längsachse. Bruder Martin amüsierte sich immer, wenn ich mich derart im Dreck wälzte, obwohl ich doch sonst eine sehr reinliche Katze war. Zweibeiner können sich offenbar nicht vorstellen, wie viel Spaß es macht, sich auf dem Boden herumzuwälzen. Ich zumindest fand es sehr anregend und konnte danach besser nachdenken. Der Täter konnte nicht sehr weit vom Kloster entfernt leben, weil er es in jener Nacht per Fahrrad erreicht hatte. Also ein Einwohner von Wiesenthal oder den wenigen kleineren Orten in der unmittelbaren Umgebung, überlegte ich und teilte Dropsi diesen Gedanken mit.

„Ein Tourist vielleicht?", fragte Drops.

„Das glaube ich nicht. Was für ein Interesse könnte ein Tourist daran haben?", wandte ich ein.

„Wir können ja aber nicht wissen, ob es wirklich nur eine einzige Person ist oder ob wir es mit zwei Tätern zu tun haben. Einer schreibt die Briefe, bringt aber niemanden in Gefahr, indem er Brände legt. Und der andere legt Brände, weiß aber vielleicht noch nicht einmal etwas von den Briefen", erwiderte der Mops nachdenklich.

„Oooh Dropsi, der Gedankengang ist ja länger als du selbst!", lachte ich. Aber klar, er konnte recht haben. Und er hatte sogar noch eine bessere Idee. „Erinnerst du dich an das grüne Feuerzeug in der Zigarettenpackung, die der nächtliche Briefträger verloren hat? Isolde hat auch so eines. Das gleiche scheußliche Grün und ein roter Aufdruck in Form eines Dreiecks. Es liegt neben den Notfallkerzen, falls mal der Strom ausfallen sollte …"

„Ja und?", unterbrach ich seinen Redefluss.

„Der Aufdruck ist identisch mit dem, den die Handwerker auf ihren Werkzeugkästen hatten!"

Ich setzte mich auf mein Hinterteil und dachte angestrengt nach, bis Drops mich anstupste.

Ich riss mich zusammen. „Sie haben doch die ganze Elektrik ausgetauscht", sagte ich. „Und das heißt, einer von ihnen muss die Wanze in Abt Ansgars Schreibtischlampe montiert haben."

„Ganz genau", stimmte Drops mir zu. „Denn die Mönche sind ja keine Elektriker, oder?"

Plan A (Dropsis Plan)

Drops hatte einen Plan, um seinen Verdacht zu überprüfen. „Verlass dich auf meine Supernase, Lily. Ich werde den Täter finden – und überführen."

Mir gefiel der Plan nicht, aber da mir auch kein besserer einfiel, redete ich ihm diesen nicht aus. „Also gut", sagte ich. „Ich werde in der Nähe sein und dir beistehen, so gut es geht!", versprach ich. Und so kam es, dass ich das Kloster kurz nach neun Uhr abends verließ. Eigentlich zu früh für den vereinbarten Termin, aber ich war so nervös, dass ich es nicht länger aushielt. Ich tigerte gemächlich durch den Wald nach Wiesenthal, schlug eine der Nebenstraßen ein und kam nach ein paar weiteren Haken zum Ortsende und dem kleinen Haus, in dem Drops und Isolde wohnten. Hinter den vorgezogenen Fenstern des rechten Erdgeschossfensters sah ich den Fernseher flimmern. Ich wartete mehr oder weniger geduldig eine ganze Weile, dann ging das Licht im Flur an. Wenig später erschienen wie erwartet Drops und Isolde an der Haustür. Isolde schloss ab und spannte einen Regenschirm auf. Die beiden bogen auf einen Weg ab, der hinunter zum Waldrand führte. Erst lief Drops gemächlich neben Isolde her, die immer wieder diversen Pfützen ausweichen musste. Dann passte es! Drops stemmte plötzlich und für Isolde unvorhersehbar alle vier Beine in den Erdboden. Isolde, die ein paar Schritte vorausging, bemerkte das nicht gleich, die Leine zuckte gewaltig und Isolde verlor ihr Gleichgewicht. Während sie noch versuchte, es wiederzufinden, kam ihr der

Schirm in die Quere, Drops nutzte die Situation geistesgegenwärtig aus und zerrte mit aller Kraft in die entgegengesetzte Richtung. Vor lauter Schreck ließ Isolde die Leine los und während Drops einen gewaltigen Sprint einlegte, den ich ihm nie und nimmer zugetraut hätte, fing sich Isolde wieder, doch da war Dropsi längst entwischt. Mich hatte sie natürlich nicht entdeckt, und noch während Isolde verdattert auf dem Weg stand, sprintete ich Dropsi hinterher. Wir nahmen eine Abkürzung unter den Hecken und zwischen den neu gebauten Garagen durch, die zu eng für Menschen war. Auf der Hauptstraße bogen wir ab und nach wenigen Sekunden hatten wir das Betriebsgelände der Firma Elektro Luber erreicht.

Drops, mit der Nase am Boden, umrundete den Laden und steuerte zielsicher auf den Hinterhof zu. Dort schnüffelte er alles ab – die beiden dort geparkten Kastenwägen, die Tür zur Werkstatt und die zu den Sanitärräumen, dann noch einmal den Hof. Etwas entfernt, aber schon auf der Hauptstraße, hörten wir Isolde rufen.

„Keine frische Spur", sagte Drops und ließ den Kopf hängen. „Dabei hätte ich wetten können, dass dieser Elektriker mit den Wuschelhaaren ..."

„Hm, du meinst den, der raucht wie ein Schlot? Aber jetzt geh zurück, bevor Isolde vor Angst um dich noch einen hysterischen Anfall bekommt. Wir sehen uns morgen."

Dropsi riss sich zusammen und trottete mit hängendem Kopf auf Isolde zu. Die war außer sich vor Freude, als sie ihn sah, ignorierte den Regen, ließ den Schirm fallen und bückte sich zu Dropsi hinab. „Hugo, mein Schätzchen, da bist du ja! Ich hatte schon solche Angst, dass du vor ein Auto rennst!", sagte sie vorwurfsvoll.

„Ich bin mir wirklich sicher, dass es der eine Elektriker war", sagte Drops am nächsten Morgen. „Der junge Typ mit den wilden Haaren."

„Könnte sein, Drops. Ich hab letzte Nacht drüber nachgedacht, und er hat tatsächlich einen Geruch an sich, der mich an die Zigarettenschachtel im Gras erinnert. Vielleicht hat er das Abhördings in die Lampe eingebaut, um zu belauschen, wie die Mönche auf die Briefe reagieren." Dazu passten auch die beiden Brandsätze. Wie Ernst Wittmann gesagt hatte, waren sie durch einen elektronischen Zeitzünder ausgelöst worden.

„Und er hasst Tiere", ergänzte Drops. „Hat mir einmal einen Tritt versetzt."

„Was hast du ihm denn getan?", fragte ich überrascht. Das hatte er mir ja gar nicht erzählt!

„Nichts! Das war, als du mit dem Fremden und dem Meister in der Bibliothek verschwunden bist! Hab ich dir eigentlich erzählt, dass Isolde den kannte?"

„Nein! Wer war das denn?"

„Ein Diakon! Der ist in seiner Gemeinde für den Pfarrbrief zuständig und in diesem wollte er einen Bericht über die Renovierungsarbeiten im Kloster Wiesenthal veröffentlichen. Deshalb hat er so viele Fragen gestellt!"

„Weiter!", verlangte ich. „Wie war das mit dem Tritt? Ich bin rein und dann …"

„Aber Lily, erinnere dich! Als der fremde Diakon den Meister angesprochen hatte, stand der Wuschelkopf doch mit vor der Tür und hat geraucht. Und ich konnte mich ja nicht so fix durch den Türspalt zwängen …" Dropsi brummelte ärgerlich vor sich hin und ich verkniff mir die Bemerkung, dass er es vielleicht einfach mal mit einer Diät versuchen sollte. Als ich nichts sagte, redete er weiter: „Ihr wart also da drin und er hat seine Zigarette auf den Boden geworfen und dann nach mir getreten!"

„Vielleicht wollte er die Zigarette austreten?", gab ich zu bedenken. Doch Dropsi protestierte.

„Nein! Das war eindeutig. Er hat nach mir getreten. Es war einfach so im Vorbeigehen. Vielleicht mag er keine Hunde. Erst dachte ich ja noch, es war ein Versehen, aber das war es nicht, er hat es mit

Absicht getan, böser Mensch!" Dropsi zog eine Schnute, was ihn irgendwie noch knuffiger wirken ließ.

An den Sonntagen fanden immer zwei Führungen für Touristen und Besucher durch die Klosteranlagen statt. Deshalb war dann auch der Klosterladen geöffnet, und die meiste Zeit herrschte dort ein enormes Gedränge. So auch an diesem vierten Sonntag nach Ostern. Bruder Bernhard hatte gerade die vormittägliche Führung beendet und nun strömten die Besucher einzeln oder in Grüppchen in Richtung Klosterladen. Isolde erwartete sie bereits, während Drops und ich etwas abseits standen und alles beobachteten. Keiner von uns konnte es ausstehen, von Fremden ohne Vorwarnung gestreichelt zu werden, von dem reflexartigen Fotografieren mit ihren Mobiltelefonen mal ganz abgesehen. Auf einmal hob Drops die Nase und schnupperte. „Lily, da ist das, was ich gesucht habe! Er ist da!" Und damit sprang er auf und raste auf seinen stämmigen Beinen davon wie eine Kanonenkugel. Er wuselte zwischen den Beinen der Besucher durch wie bei einem Slalom und verschwand im Inneren des Klosterladens. Um nichts in der Welt hätte ich mich in dieses Gedränge gestürzt, aber ich musste unbedingt sehen, was meinen Freund so aufgeschreckt hatte, also sprang ich auf das Fensterbrett an der Rückseite des Ladens. Da konnte ich wenigstens nicht zwischen all die Füße geraten. Isolde stand an der Kasse, umgeben von Kunden, und irgendwo unten auf dem Fußboden wuselte Drops herum. Ich hörte ihn, noch bevor ich ihn sah. Er bellte einen älteren Mann mit Sonnenbrille und Baseballcap an und schnappte nach dessen schwarzem Stockschirm.

„Hey! Hör auf mit dem Scheiß, du widerliche Töle!", rief der Mann und hob seinen Schirm etwas an, aber durch das Gedränge der anderen Kunden gelang es ihm nicht, das Teil als Waffe gegen Drops zu verwenden.

„Hugo! Aus! Sofort!", rief Isolde von der anderen Seite des Ladens.

Doch Dropsi hatte das Ende des Schirms mit den Zähnen zu fassen bekommen und schüttelte nun wie wild den Kopf hin und her, als wollte er dem Fremden das Teil entreißen.

„Was geht hier vor?" Plötzlich stand Bruder Martin in der Tür, und dann schob er seine stattliche Gestalt durch die Menge. Der Fremde sah ihn, ließ den Schirm fallen und bahnte sich einen Weg zum Ausgang. Bruder Martin, der nur den Aufruhr, aber nicht dessen Ursache mitbekommen hatte, erhielt ebenfalls einen Stoß, was ihn aber nicht weiter beeindruckte. Dann erreichte der Fremde die Tür des Klosterladens, gelangte ins Freie und sprintete in Richtung Pforte davon. Bruder Martin drehte sich um und sah ihm verwirrt nach, aber dann war der Flüchtende auch schon in der Menge der anderen Besucher verschwunden.

Mittlerweile hatte Isolde Drops am Halsband gepackt – so sehr sie ihren Hugo auch liebte, in diesem Moment war sie voller Ärger über sein schlechtes Benehmen – und zerrte ihn nun durch den Hinterausgang nach draußen.

„Lily! Das war er! Der, den wir suchen!", japste der arme Kerl, als Isolde ihn an die Leine nahm und deren anderes Ende an einem Zaunpfosten festband. „Jag ihm nach, Lily! Fang ihn ein!"

Aber das konnte ich natürlich nicht. Erstens war es unwahrscheinlich, dass ich ihn im Gedränge fand. Und selbst wenn, wie sollte ich ihn dann stoppen? Mich vor seine Füße werfen und versuchen, ihn zu Fall zu bringen? Ihm meine Krallen in die Waden schlagen? Der würde mich eher niedertrampeln, als sich von mir stoppen zu lassen.

„Dropsi, beruhige dich!", redete ich auf ihn ein. Er keuchte immer noch ganz aufgeregt. „Kann es sein, dass du dich irrst?", fragte ich. „Ich meine, das war ein älterer Mann. Ich kann mich nicht erinnern, den jemals zuvor im Kloster gesehen zu haben."

„Er war es, ganz sicher, Lily, glaub mir!", kläffte Drops.

Später am Nachmittag war der Klosterladen für Besucher geschlossen. Nur Isolde, Abt Ansgar, Ernst Wittmann und Bruder Martin befanden sich darin. Drops war noch immer draußen angeleint. Ich hatte wieder meinen Beobachtungsposten auf dem Fensterbrett bezogen.

„Es war ein älterer Mann", beschrieb Isolde zum wiederholten Mal den Vorfall. „Und sein Regenschirm liegt da drüben. Hugo hatte ihn ja erbeutet!"

Sie wies auf die Stelle zwischen den Regalen, wo der Mann den Regenschirm fallen gelassen hatte. Isolde schüttelte immer noch den Kopf. „Ich weiß auch nicht, was in Hugo gefahren ist! Er hat sich aufgeführt wie ein Verrückter! Und das von einer Minute zur anderen."

„Und Sie haben genau gesehen, dass es ein älterer Mann war, Frau Apfelbach?", fragte Ernst Wittmann nach.

„Sein Haar war grau, fast weiß, und sein Schnurrbart auch, und er ging irgendwie langsam, vorsichtig, etwas gebeugt, und auf seinen Schirm gestützt!", beschrieb Isolde.

„Für einen älteren Herrn war er aber wirklich sehr agil", schaltete sich Bruder Martin ein. „Er hat seine Schultern eingesetzt wie ein Quarterback im Football und dann, als er durch die Tür war, ist er wie ein Spitzensportler losgesprintet! Nach seiner körperlichen Fitness zu schließen, war er höchstens dreißig und keinesfalls ein alter Mann."

„Aber ich habe sein graues Haar genau gesehen!", beteuerte Isolde treuherzig. Sie fuhr sich mit beiden Händen verzweifelt durch ihre ohnehin zerraufte Frisur und starrte aus dem Fenster auf den angeleinten Drops. „Ich weiß einfach nicht, was in Hugo gefahren ist!", stöhnte sie erneut auf. „Er muss sich von dem Schirm bedroht gefühlt haben. Anders kann ich es mir nicht erklären. Und natürlich bleibt er jetzt hinter dem Laden angeleint, wenn Besucher kommen. Es tut mir so leid …", jammerte sie.

Ernst Wittmann bat sie und Bruder Martin, den Laden zu verlassen. Als sie alleine waren, spitzte ich die Ohren, während er Abt Ansgar fragte: „Fällt dir etwas auf?"

Abt Ansgar schüttelte vage den Kopf. „Du bist der Detektiv hier, Ernst. Nicht ich."

„Gut, ich werde dir sagen, was ich denke. Der Mann hatte einen großen schwarzen Stockschirm bei sich und trug eine Sonnenbrille, aber seit vier Tagen haben wir unbewölkten Himmel und strahlenden Sonnenschein!"

„Den Schirm hatte er vielleicht, um sich beim Gehen darauf zu stützen, wie Isolde es erzählt hat", wand Abt Ansgar ein.

„Und dann springt er wie ein junges Reh davon?"

„Stimmt. Das passt alles nicht zusammen", sagte Abt Ansgar.

„Ich muss den Laden durchsuchen", sagte Wittmann. „Vielleicht hat unser seltsamer Besucher etwas hinterlassen."

Stunden später, Drops und Isolde waren schon längst daheim, fand Ernst Wittmann einen Brandsatz im Klosterladen. Hinter ein paar Büchern versteckt und ungefähr in Hüfthöhe des betreffenden Regals. Vorsichtig brachte er den Brandsatz zu seinem Wohnmobil. Nachdem er das mit Klebeband umwickelte Teil, das nicht größer war als eine Packung Spielkarten, von allen Seiten fotografiert hatte, unterbrach er den elektronischen Schaltkreis. Danach inspizierte er die Masse, die den größten Teil des Päckchens einnahm und aussah wie ein etwas bröseliges Stück Kernseife.

„Salpeter", erklärte Wittmann früh am nächsten Vormittag Abt Ansgar. „Technische Bezeichnung Kaliumnitrat. Wurde früher aus Fledermaus-Guano hergestellt. Heute kann man es ganz einfach in jeder Küche zusammenbrauen. Man braucht Kaliumchlorid, natriumfreies Salz, das gibt es in jedem Reformhaus für Leute mit Bluthochdruck oder Nierenproblemen. Außerdem ein Kältepack, Küchenwaage, Kaffeefilter …"

Abt Ansgar hob eine Hand. „Ich verstehe", sagte er. „Und die Anleitung gibt es auch überall, vor allem im Internet."

„Na ja", wehrte Ernst Wittmann ab, „dazu braucht man noch nicht einmal das Internet bemühen. Es steht sogar in jedem Chemiebuch, wie man das macht. Der Zeitzünder ist übrigens identisch mit den beiden anderen."

Ernst Wittmann lehnte sich in seinem Stuhl zurück. Seinen Augenringen nach zu urteilen, hatte er nicht viel Schlaf bekommen, ebenso wie Abt Ansgar, der übernächtigt wirkte.

„Ich weiß, du willst keine Polizei", sagte Wittmann nach einer langen Pause. „Aber mach dir bitte klar, was diesmal hätte passieren können. Wenn der Brandsatz im Laden losgegangen wäre, sagen wir kurz nach Beendigung einer Führung, hätte die Stichflamme sofort die Bücher in Flammen aufgehen lassen, hinter denen er versteckt war. Jeder, der zu dem Zeitpunkt in unmittelbarer Nähe des Regals war, hätte mit sehr hoher Wahrscheinlichkeit Verbrennungen erlitten. Und was, wenn die Leute in ihrer Panik beim Versuch, aus dem Laden rauszukommen, die Tür blockiert hätten? Dieser Täter nimmt inzwischen in Kauf, dass es Verletzte oder gar Tote gibt, wenn das nicht sogar sein Ziel geworden ist. Es hat sich hochgeschaukelt und die Sache fängt an, uns beiden über den Kopf zu wachsen, und …"

„Ja, ich verstehe, was du meinst", sagte Abt Ansgar so leise, dass selbst ich es kaum hören konnte.

„Psychopathen sind unberechenbar!", setzte Ernst Wittmann hinzu. „Wenn du dich weiterhin weigerst, die Behörden einzuschalten, musst du das Kloster für die Öffentlichkeit sperren. Eine andere Möglichkeit gibt es nicht!"

Abt Ansgar machte eine beschwichtigende Handbewegung. „Ich verstehe dich ja, Ernst", sagte er, als es an der Tür klopfte.

Auf sein „Herein!" hin betrat der Cellerar das Arbeitszimmer.

„Es ist wieder ein Brief angekommen", sagte er.

Plan B (Wittmanns Plan)

Der Umschlag war größer und dicker als die vorherigen. Nachdem der Cellerar das Arbeitszimmer wieder verlassen hatte, gab Abt Ansgar den Brief an Ernst Wittmann weiter. Der streifte sich ein weiteres Paar Latexhandschuhe über und öffnete das Kuvert.

Ein einziges Blatt Papier sowie ein altmodisches Mobiltelefon kamen zum Vorschein.

„100.000 Euro oder ich werde das Kloster dem Erdboden gleichmachen. Bisher gab es nur Warnschüsse. Diesmal ist es ernst. Halten Sie das Geld bereit. Sie erhalten weitere Anweisungen per Telefon."

Ernst Wittmann pfiff leise durch die Zähne. „Sogar ein Ladekabel ist dabei", stellte er fest. „Vermutlich weiß kein Mensch heutzutage mehr, wie man so was benutzt!"

Er hielt das in die Jahre gekommene Handy in die Luft und drehte es hin und her. „Scheint seine besten Zeiten auch schon hinter sich zu haben. Aber kein Wunder. Seit wann gibt es Smartphones?"

Abt Ansgar zuckte die Schultern. „Diese technischen Revolutionen finden ohne uns statt, Ernst. Aber sag mal, könnten wir nicht über die Telefongesellschaft herausfinden, wer der Täter ist?", fragte er.

„Nein", sagte Ernst Wittmann, der inzwischen das Gehäuse geöffnet hatte. „Ich hatte es befürchtet, das ist eine Prepaidkarte, garantiert auch eine ältere, so wie sie aussieht. Deren Registrierung ist erst seit einiger Zeit verschärft worden und sie gab und gibt es praktisch an jeder Tankstelle und Supermarktkasse. Sie wurden früher auch oft weitergegeben, das ist ziemlich anonym. Aber mal davon abgesehen, würde eine Telefongesellschaft uns auch keine Auskunft geben."

Wittmann zog seine Leuchtlupe aus einer der vielen ausgebeulten Taschen seines Sakkos. „Wie ich befürchtet hatte", sagte er nach eingehender Inspektion. „Keine Fingerabdrücke. Auch das Gehäuse wurde sorgfältig abgewischt, bevor er es in den Umschlag gesteckt hat."

„Und was sollen wir jetzt tun?", fragte Abt Ansgar.

„Entweder die Polizei anrufen, was ich an deiner Stelle tun würde", antwortete Ernst Wittmann. „Oder ..."
Und er erläuterte Abt Ansgar seinen Plan.

„Ich bin total vom Geschehen abgeschnitten, Lily", jammerte Drops, nachdem ich ihm alles erzählt hatte. Isolde hatte ihn wieder auf die Rückseite des Klosterladens verbannt und fest am Zaun angebunden. Zwar mit einer extra langen Leine, so dass er sich bewegen konnte, aber trotzdem kam er nicht wirklich weit und schon gar nicht heimlich weg.
„Warte mal, ich glaube, ich höre ein seltsames Geräusch", sagte ich und sprintete um das Ladengebäude herum. Und tatsächlich, ein Taxi stand mit laufendem Motor an der Pforte. Dann kam Abt Ansgar den Hauptweg heruntergeeilt und stieg ein.
Ich ging zurück und erzählte Drops, was ich gesehen hatte. „Siehst du?", jammerte er. „Das ist das Problem, dass ich hier einfach gar nichts mitbekomme!"
„Das wird nicht immer so bleiben!", versicherte ich ihm. „Isolde wird schon noch merken, dass du nur den Täter stellen wolltest, und dann wird es ihr furchtbar leidtun, wie sie dich jetzt behandelt. Sie wird dich nicht mehr anleinen und du wirst Leckerli ohne Ende kriegen, Und bis dahin werde ich dir einfach alles erzählen. Okay, du dicke alte Mopswurst?"
„Mopswurst", wiederholte er. „Mal ganz was Neues, Lily!"

Später, nachdem Isolde und Drops sich auf den Heimweg gemacht hatten, schlenderte ich zu Ernst Wittmanns Wohnmobil. Der Privatdetektiv hatte die Fenster geöffnet und saß an seinem Arbeitstisch. Er werkelte herum und pfiff dabei leise vor sich hin, was aber eher angespannt-konzentriert als vergnügt klang.
„Komm doch rein, Lily!", forderte er mich auf, als ich mich an der offenen Tür mit einem Maunzen bemerkbar gemacht hatte. Ich

setzte mich auf die gepolsterte Bank ihm gegenüber und beobachtete sein Tun. Ernst Wittmann hatte einen Stapel Zeitungen und einen großen Umschlag mit dem Logo der örtlichen Sparkasse auf dem Tisch liegen und faltete die einzelnen Zeitungsblätter mehrmals zusammen. Ein paar Stapel davon lagen bereits auf dem Tisch. Nervös war auch Abt Ansgar, wie ich später am Abend feststellte, als ich ihn in seinem Arbeitszimmer besuchte. Er hatte Schriftstücke vor sich ausgebreitet, aber mir kam es vor, als würde er sie nur hin und her schieben. Dafür griff er immer wieder in die Seitentasche seines Habits und zog das alte, unscheinbare Mobiltelefon heraus, das der Erpresser in seinem letzten Brief geschickt hatte. Er wartete auf ein Klingeln. Und er wurde von Stunde zu Stunde nervöser, je länger sich nichts tat.

Eine nächtliche Verabredung

Isolde und ihr Hugo kamen wie jeden Morgen, aber es gab keine Besucher, also nahm sie ihn mit in den Laden und sie leinte ihn im Hinterzimmer an, das ihr als Lager, Büro und Aufenthaltsraum diente.

„Na, Dropsi?", begrüßte ich ihn. „Ich dachte schon, Isolde hätte dich verkauft!"

„Nein, das nicht gerade, aber sie ist nach wie vor böse auf mich", heulte er. „Heute Abend wird sie eine Freundin besuchen, und ich darf nicht mit. Ich muss allein daheimbleiben. Lily, ich will nicht den Rest meines Lebens hier im Hinterzimmer verbringen!", jammerte er.

Ich gab ihm einen heftigen Kopfstupser. „Das wird wieder, Drops. Wenn das hier vorbei ist, bist du wieder King im Ring und Isoldes Liebling. Glaub mir."

Ansonsten passierte an diesem Tag rein gar nichts. Das sollte sich am späten Abend schlagartig ändern. Gerade war ich auf meinem vormitternächtlichen Rundgang durch das Hauptgebäude, als ich etwas hörte, das nur der Klingelton eines Mobiltelefons sein konnte! Ich legte einen olympiareifen Sprint zu Abt Ansgars Arbeitszimmer hin und lauschte an der Tür.

„Ja", sagte er. Und nach einer kurzen Pause: „Ich habe verstanden." Nicht gerade sehr aufschlussreich! Unten wurde leise die Tür geöffnet, dann kam Ernst Wittmann die Treppe herauf, gerade als Abt Ansgar sein Arbeitszimmer verließ.

„Ich habe alles mitgehört", sagte Wittmann. „Direkte Weiterleitung. Und ich habe es aufgezeichnet."

„Gut", flüsterte Abt Ansgar.

„Wo ist dieser Treffpunkt, diese ‚Alte Lichtung', von der er gesprochen hat?", fragte Wittmann und reichte Abt Ansgar den vorbereiteten Umschlag.

„Mitten im Wald", sagte der.

„Ich bleibe in Sichtweite hinter dir", bestätigte Wittmann. „Los jetzt."

Abt Ansgar ging voran und sah sich dabei immer wieder um. Unauffällig ging wirklich anders, aber es war zum Glück niemand da, dem das auffallen konnte. Als er das Kloster verließ, öffnete Wittmann gerade die Eingangstür des Hauptgebäudes, um ihm zu folgen.

Ich huschte an ihm vorbei. Was auch immer jetzt kommen mochte, ich konnte es mir nicht entgehen lassen! Womöglich brauchte unser Freund Wittmann ja Hilfe. Als ortsansässige Katze wusste ich selbstverständlich, wo die Alte Lichtung war. Doch vorher hatte ich noch etwas anderes zu erledigen. Drops, so erinnerte ich mich, war allein daheim. Und so schlug ich einen Haken in Richtung Dorf, als Wittmann auf den Waldweg einbog, und raste auf Isoldes Haus zu. Klar, genau genommen hätte ich Drops einfach sich selbst überlassen und alles aus sicherer Entfernung beobachten können, immerhin war ich trotz des Vollmonds, der durch die aufgebrochenen Wolken schien und den Wald in ein silbrig schimmerndes, fast gespenstisches Licht tauchte, so gut wie unsichtbar, aber trotzdem. Es schien einfach nicht richtig zu sein. Außerdem wusste man ja nie ...

Zum Glück war Drops hellwach. Auf mein erstes Maunzen hin kam er sofort angesaust. In Stichworten erzählte ich ihm, was sich im Kloster zugetragen hatte.

„Du hast recht, Lily, wir können die beiden unmöglich alleine lassen!", stimmte er mir zu.

Im Windfang von Isoldes Haus gab es ein schmales Kippfenster. Ich hangelte mich auf das Fensterbrett und streckte meine Pfote durch den Spalt, um den Schiebemechanismus zu entriegeln. Beim vierten Versuch gelang es mir. Drops sprang auf ein Schuhregal und stieß sich von dort ab. Während das Regal drinnen krachend zu Boden ging, erschien seine obere Hälfte in der Fensteröffnung. Im nächsten Moment hatte er sich durchgequetscht und landete vor der Eingangstür.

„Los!", kläffte er aufgeregt. „Wo hast du die beiden zuletzt gesehen?"

„Stopp! Langsam!", versuchte ich ihn zu bremsen. „Es bringt gar nichts, wenn du einfach losrennst. Vielleicht geht dann alles schief. Wir müssen uns anschleichen und den richtigen Moment abwarten, um einzugreifen. Also zügle dein Temperament, zumindest vorläufig!" Dann flitzten wir los, auf Seitenwegen zurück zum Wald, Dropsi brav hinter mir her.

Als wir die Alte Lichtung erreichten, musste ich ihn noch einmal bremsen. Er hatte die beiden auf der gegenüberliegenden Seite gewittert – Abt Ansgar, der am Rand der Lichtung stand, und einige Schritte hinter ihm Ernst Wittmann, der sich zusätzlich noch hinter dem Stamm einer Tanne versteckte.

„Wir bleiben genau hier, Dropsi", kommandierte ich.

„Aber …"

„Kein Aber. Wenn wir jetzt rübergehen, lenken wir sie nur ab. Also sei ruhig!"

Wenige Sekunden später hörte ich das Mobiltelefon in Abt Ansgars Tasche klingeln. Mein Herz schlug mir bis zum Hals. Und diesmal waren wir nahe genug, um selbst die blecherne Stimme am anderen Ende zu hören, die befahl: „In die Mitte der Lichtung, Gesicht nach Norden und Umschlag im ausgestreckten Arm halten."

Ein Klicken beendete das Gespräch, und unmittelbar danach hörte ich, wie ein elektrischer Anlasser betätigt wurde und ein Motorrad startete.

„Das ist eine dieser kleinen Maschinen", raunte Dropsi mir zu. „Isoldes Neffe hat so eine."

Musste er ausgerechnet jetzt eine Konversation über Motorräder anfangen? Ich fauchte ihn ganz leise an, und er verstand den Wink und verstummte.

Das Motorengeräusch näherte sich langsam. Der Weg wurde kaum benutzt und war voller Schlaglöcher, aus dem Boden ragender Wurzeln und herabgefallener Äste. Abt Ansgar hatte die geforderte Position eingenommen, was bedeutete, dass sich ihm der Motorradfahrer von hinten näherte. Ernst Wittmann war aus seinem Versteck gekommen und stand nun näher beim Abt. Das Motorrad hatte jetzt fast die Lichtung erreicht. Der Scheinwerfer war ausgeschaltet, der Fahrer war für uns nur eine dunkle Silhouette mit Motorradhelm im Mondlicht. Langsam näherte er sich Abt Ansgar und streckte seine behandschuhte Hand nach dem Umschlag aus. Wenn er den Umschlag erst einmal hatte, brauchte er nur in diese Richtung weiterzufahren. Dann konnte er nach weniger als zwei Kilometern auf einen anderen Weg abbiegen, der dann zur Landstraße führte. Und von dort aus konnte er sonstwohin fahren, ohne dass wir ihn schnappen würden. Ernst Wittmann und Abt Ansgar hatten sicher nicht damit gerechnet, dass er mit einem Motorrad kommen würde, ich selbst war ein Sprinter, kein Langstreckenläufer, und Dropsi …

Der stieß auf einmal ein markerschütterndes Knurren aus, und bevor ich überhaupt einen einzigen Laut sagen konnte, war er bereits losgerannt, hinaus auf die Lichtung. Der Motorradfahrer nahm die linke Hand vom Lenker und streckte sie nach dem Umschlag aus. Zugleich schrie Ernst Wittmann: „Halt! Stehen bleiben, oder ich schieße!" Er riss den rechten Arm hoch und feuerte einen Warnschuss in die Luft ab.

Im Mündungsfeuer sah ich Drops, der das Motorrad fast erreicht hatte und gerade zu einem gewaltigen Sprung ansetzte. Er schlug seine Zähne in den rechten Arm des Motorradfahrers. Der schrie auf und ließ den Lenker los. Das Vorderrad des Motorrads, das ohnehin nur noch im Schritttempo fuhr, schlug zur Seite ein, und dann stürzte es samt Fahrer nach rechts und damit direkt auf Drops. Ich kniff die Augen zu. Das Motorrad hatte Drops sicher zerquetscht. Meine Schrecksekunde schien eine Ewigkeit zu dauern, und dann hörte ich das wunderbarste Geräusch, das ich mir in diesem Moment nur vorstellen konnte: Dropsis Jaulen, als er unter dem Motorradfahrer hervorkroch. Ich riss mich aus meiner Erstarrung und flitzte zu ihm hinüber.

Ernst Wittmann schaltete eine Taschenlampe ein. Abt Ansgar stand immer noch sprachlos und zur Salzsäule erstarrt am Wegesrand und schaute verwirrt um sich. Drops hinkte jammernd im Kreis herum und hielt dabei seine verletzte linke Vorderpfote hoch. Während ich ihn noch bedauerte, überwand Abt Ansgar seine Schockstarre und zerrte gemeinsam mit Ernst Wittmann den Motorradfahrer hoch. Der schrie und zappelte, doch die beiden brachten ihn schnell zur Räson.

„Und jetzt heben Sie das Motorrad auf und schieben es zum Kloster. Dabei lassen Sie beide Hände schön sichtbar am Lenker. Ich werde hinter Ihnen gehen und aufpassen", sagte Wittmann.

„Das ist er, Lily. Der mit dem großen Schirm in Isoldes Laden, den ich angegriffen habe." Ich roch es ebenfalls. Die Witterung war unverkennbar, wenn auch jetzt von Angstschweiß überlagert. Bevor wir losgingen, tastete Ernst Wittmann den Täter noch auf Waffen hin ab und inspiziert beide Satteltaschen des Motorrads, die jedoch nur Klamotten und persönliche Gegenstände enthielten. „Sie hatten schon alles für die Flucht vorbereitet, sehe ich", stellte er fest. Dann gingen die drei los in Richtung Kloster. Drops und ich folgten in einigem Abstand. Er hatte Schmerzen und konnte nicht richtig laufen.

Geständnisse

Der Rückweg zum Kloster durch den Wald dauerte ewig, denn der Täter versuchte noch zwei Mal zu flüchten. Doch Wittmann verhinderte es beide Male. Ich tröstete unterwegs immer wieder meinen verletzten Freund. Dann erreichten wir endlich das Kloster und wie selbstverständlich spazierten Drops und ich ebenfalls in Abt Ansgars Arbeitszimmer. Dort befreiten sie den Motorradfahrer auch endlich von seinem Helm.

„Sie sind einer der Elektriker", erkannte ihn Abt Ansgar sofort wieder. „Ich erinnere mich an Sie."

Ernst Wittmann hatte erst Isolde angerufen und gebeten herzukommen, jetzt durchsuchte er die Brieftasche des Täters.

„Franco Bensch", sagte er. „Nagelneuer Reisepass. Wo wollten Sie denn hin mit den 100.000 Euro?", fragte er.

Bensch ließ den Kopf hängen, ohne zu antworten.

„Wie alt sind Sie?", fragte Abt Ansgar so sanft, wie man es nur von einem Geistlichen erwarten würde.

„Ich glaube, die beiden spielen ‚Guter Bulle, böser Bulle' wie im Fernsehen", flüsterte Drops. Er zitterte vor Schmerzen und Aufregung, wollte sich aber natürlich nichts entgehen lassen. Ich war mir nicht so sicher, ob Dropsi recht hatte oder ob in Abt Ansgar einfach der verständnisvolle Seelsorger die Oberhand gewonnen hatte. Dann klapperten Isoldes Schritte auf der Treppe. Wittmann öffnete die Tür und winkte sie herein.

„Hugo!", rief sie erschrocken. „Oh, Hugo, mein kleiner Schatz, was ist dir denn passiert?" Sie kniete sich neben ihn auf den Boden und befühlte ihn vorsichtig.

„Das ist der Verbrecher, der die Brandsätze gelegt hat", stellte Wittmann Bensch vor. „Ihr Hugo hat ihn erkannt, vermutlich am Geruch."

„Und deshalb hat er ihn angegriffen! Natürlich!", sagte Isolde mit einem schuldbewussten Gesichtsausdruck. „Wenn ich das nur gewusst hätte! Es tut mir ja so leid, mein kleiner Liebling!"

Ich zwinkerte ihm zu. Sie würde Wiedergutmachung für den Hausarrest leisten, so viel stand fest.

„Bevor wir Sie den Behörden übergeben, Herr Bensch", sagte Abt Ansgar, nachdem Isolde sich wieder beruhigt hatte, „würde mich doch interessieren, was Sie zu diesen kriminellen Handlungen veranlasst hat. Das Kloster und seine Bewohner haben Ihnen doch nichts getan!"

Bensch begann nervös mit dem Reißverschluss seiner Lederjacke herumzuspielen. „Es waren eigentlich keine kriminellen Handlungen", sagte er.

„Was?!", fuhr Ernst Wittmann dazwischen. „Brandstiftung, versuchte Körperverletzung, Bedrohung, Erpressung, vom Anbringen von Abhörgeräten ganz zu schweigen. Das gibt locker ein paar Jahre Knast, und zwar ohne Bewährung. Und wenn Sie Vorstrafen haben, gibt's sogar noch was extra!"

Abt Ansgar warf ihm einen bittenden Blick zu. Wittmann seufzte auf, zog sich dann aber auf einen Stuhl in der Ecke des Raumes zurück.

„Das mit dem ersten Brief war einfach nur ein Scherz", fuhr Bensch fort. „Ich meine, wer nimmt so etwas schon ernst?"

„Empfindsamere Gemüter nehmen so etwas vielleicht eben schon ernst", sagte Abt Ansgar. „Und Sie haben den Brief an den Cellerar adressiert und dann in den Briefkasten geworfen?"

„Nein", sagte Bensch. „An diesem und den beiden folgenden Tagen habe ich die Leitungen und Anschlüsse unten in der Pförtnerloge hier im Hauptgebäude ausgetauscht. Ich habe den Brief direkt in das Fach des Cellerars gelegt."

„Aber die Pförtnerloge ist doch verglast", schaltete sich Isolde ein. „Jemand hätte Sie sehen können."

„Das war doch gerade der Kick daran!", sagte Bensch.

„Und wann haben Sie die Wanze in meine Schreibtischlampe eingebaut?", fragte der Abt.

„Am gleichen Tag während der Mittagspause. Ich konnte sie alle in der Kirche singen hören, also war das eine sichere Sache. Niemand hat Verdacht geschöpft – es war so einfach!"

„Das ist doch Wahnsinn!", meinte Isolde kopfschüttelnd. „Ich verstehe nicht, wie man so was witzig finden kann!"

„Es ging Ihnen also nur um den Kick?", fragte Abt Ansgar ungläubig. „Auch bei den Brandsätzen?"

Bensch lachte auf. „Die Brandsätze waren sicher", erklärte er. „Das sehen Sie doch schon an den Zeitzündern und Locations."

„Auch der in meinem Laden?", fragte Isolde entgeistert.

„Klar", antwortete Bensch. „Der wäre kurz nach Mitternacht losgegangen, wenn kein Mensch weit und breit ist. Nur der Laden wäre abgefackelt worden."

„Der Sachschaden wäre erheblich gewesen!", fauchte sie ihn an. „Haben Sie eigentlich eine Vorstellung davon, was das für das Kloster oder mich bedeutet, wenn Sie alles in Schutt und Asche brennen?"

Bensch zuckte gelangweilt die Schultern, Isoldes Worte schienen keinen besonderen Eindruck auf ihn zu machen. Stattdessen warf er einen gehässigen Blick auf Drops.

„Tja, seine Nase ist eben unschlagbar, Bensch", stellte Ernst Wittmann fest. Er gewann nach und nach seine Fassung zurück. „Sie hatten draußen vor dem Briefkasten etwas verloren, und der Hund hat die Witterung aufgenommen."

„Verloren? Ich habe nichts verloren!", sagte Bensch irritiert.

„Doch. Eine halb volle Zigarettenschachtel mit einem Feuerzeug, das den Werbeaufdruck der Firma Elektro Luber trägt", fuhr Wittmann fort. „Später, als Sie den Brandsatz im Laden versteckt haben, hat Hugo Sie am Geruch wiedererkannt und wollte Sie stellen. Aber Ihnen gelang die Flucht."

„Wenn ich das nur gewusst hätte", sagte Isolde kopfschüttelnd. „Ich dachte, er hätte sich durch den Schirm provoziert gefühlt … wozu war der denn eigentlich gut an einem sonnigen Tag?"

„Tarnung", sagte Bensch. „Außerdem ist so ein Stockschirm im Notfall auch eine Waffe."

„Und das alles nur, damit Sie Ihren ‚Kick' bekommen?", fragte Abt Ansgar ungläubig.

„Siehst du nicht das Muster, Ansgar? Er musste die Dosis steigern wie ein Süchtiger. Er musste es immer gefährlicher machen für sich und für andere, deshalb hat er sich diesmal unter die Menge gemischt und den Brandsatz praktisch vor aller Augen im Klosterladen versteckt."

„Genau", sagte Bensch. „Die beiden anderen – den an der Orgel und den in der Bibliothek – hatte ich während der Arbeit installiert, als ich ganz legitim dort herumwerkelte. Aber das war ja nichts Besonderes, ich konnte einfach durchmarschieren, es war viel zu einfach! Doch die Sache mit dem Klosterladen war eine ganz andere Liga! Dazu musste ich mich tarnen, musste zur richtigen Zeit am richtigen Ort sein, fast wie bei Oceans 11 oder so. Es war alles wie im Film, nur dass ich mein eigenes Drehbuch hatte und selber

Regie führte!" Er lachte wieder und kam mir dabei schon ein bisschen wahnsinnig vor. Drops sah es wohl ähnlich, denn seine ohnehin schon großen Augen weiteten sich noch mehr vor Entsetzen.

„Sie fühlten sich wie der Held Ihrer eigenen Geschichte, nicht
wahr?", fragte Wittmann herablassend.

„Klar, ich hatte alle in der Hand! Das war schon ein geiles Gefühl!"
Wittmann fragte unberührt weiter: „Und, was war mit der Erpressung? War das auch nur, weil Sie einen Kick davon bekommen
wollten? Oder war es die Steigerung? Ein Test, wie weit Sie gehen
konnten?"

„Nein. Da kam alles zusammen", sagte Bensch und mit seinem Gesicht und seiner Stimme passierte auf einmal etwas Merkwürdiges.
Er schrumpfte irgendwie zusammen und seine Stimme klang auf
einmal viel leiser. „Luber hatte mich nur befristet angestellt, weil
der Auftrag hier unter Zeitdruck durchgeführt werden musste. Das
war besser als nichts, zumal ich kurz vorher mit meiner Freundin
zusammengezogen war. Wir brauchten Möbel und solchen Kram.
Ich hatte natürlich gehofft, er würde mich hinterher fest anstellen.
Ich meine, ich habe geschuftet wie ein Irrer, jede Überstunde und
Samstagsarbeit ohne zu murren mitgemacht, mich nie beschwert –
und peng! Schon stehst du wieder auf der Straße!"

„Und nebenbei haben Sie Brandsätze gelegt und Briefe geschrieben!", erinnerte ihn Wittmann, doch weder Bensch ging darauf
ein noch Abt Ansgar, der Bensch nun ernsthaft fragte: „Und diese
soziale Ungerechtigkeit, die ja nicht nur Ihnen widerfährt, hat Sie
derart erbost, dass Sie sich zu der Erpressung entschlossen haben?"
Der gute Abt, er versuchte wirklich für alles und jedes Verständnis
aufzubringen, selbst für einen Verbrecher!

„Nein, das war es nicht", sagte Bensch. „Meine Freundin hat mich
verlassen. Einfach so. Hat ihre Sachen gepackt und ist weg. Ich
Loser kriegte ja nichts auf die Reihe, hat sie gesagt, ich bringe es
eh zu nichts, mit mir muss sie sich nicht abgeben, sie kann was Bes-

seres kriegen. Da habe ich die Nerven verloren. Wenn alles sinnlos wird …"

Wie sich herausstellte, war es einfach ein Schuss ins Blaue gewesen. Er wusste nicht einmal, ob das Kloster überhaupt die geforderte Summe aufbringen konnte. Abt Ansgar und Wittmann schüttelten fassungslos die Köpfe und mir wurde wieder einmal klar, dass Menschen doch recht seltsame Geschöpfe sind. Die „Krone der Schöpfung" – na ja, das war Ansichtssache.

„Wenn es geklappt hätte, dann hätte ich mich abgesetzt, zunächst nach Spanien, von dort nach Südamerika, vielleicht Brasilien!", gestand Bensch.

„Das können Sie getrost vergessen", sagte Ernst Wittmann und gab Abt Ansgar ein Zeichen.

„Ich werde jetzt die Polizei anrufen, Herr Bensch", sagte der Abt.

Epilog

Noch in der gleichen Nacht brachte Isolde ihren Hugo in die Tierklinik. Die Sorge um ihn hätte sie ohnehin nicht schlafen lassen. Dazu kam mit Sicherheit ihr schlechtes Gewissen. Drops' linker Vorderlauf war an drei Stellen gebrochen, so dass er operiert werden und die Pfote dann eingegipst werden musste. Außerdem hatte er durch den Sturz ein paar Prellungen erlitten. Keine Frage, dass Isolde ihn nach Strich und Faden verwöhnte, was der verfressene kleine Mops schamlos ausnutzte. Er sonnte sich in all der Aufmerksamkeit, die ihm zuteilwurde. Sogar die kleine Lokalzeitung von Wiesenthal hatte eine Reportage gebracht, die ihn als todesmutigen Mops bezeichnete.

Als der Gips abkam, kriegte er sich langsam wieder ein und auch alle anderen kehrten wieder zur Normalität zurück. Ernst Wittmann verließ uns, nachdem der Fall abgeschlossen war. „Ich werde euch beide vermissen", sagte er beim Abschied zu Drops und mir, während er uns noch einmal streichelte. Von ihm ließ selbst ich mir das gefallen.

Drops und ich lagen auf der Wiese hinter dem Klosterladen und beobachteten ein paar Schmetterlinge, als mir der Gedanke kam.

„Dropsi-Mopsi", frotzelte ich, „erinnerst du dich noch an letztes Jahr? An den Kriminalfall mit der vertauschten Madonna, den wir erfolgreich gelöst haben?"

„Ja", sagte er strahlend „Da war ich ja noch ein Welpe!"

„Eine Cocktail-Mopswurst sozusagen", zog ich ihn auf. „Und dieses Jahr schon wieder ein Verbrechen."

„Ja und?", fragte er und kratzte sich den Hinterkopf.

„Ich denke, das liegt an dir", erklärte ich. „Seit du hier bist, hat sich die Kriminalitätsrate von null auf hundert Prozent gesteigert, ja seitdem geben sich hier sozusagen die Verbrecher die Klinke in die Hand! Das kann jetzt langsam wieder aufhören."

Man konnte regelrecht sehen, wie er angestrengt nachdachte.

„Aber das ist doch nicht meine Schuld!", brachte er schließlich hervor.

Ich rollte mit den Augen. „Natürlich nicht, du Dödel! Ich habe doch nur Spaß gemacht! Los, wer zuerst am Gartenhäuschen ist!"

Er ist schon eine Nummer, mein Dropsi. Sein Geruchssinn ist absolute Weltklasse, sein Intellekt hingegen ... aber gut, fürs Denken hat er schließlich mich.